曲水回眸

小思訪談錄（下）

香港中文大學 香港文學研究中心 編著

啟思出版社

序　曲水上的筆談

黃念欣

《曲水回眸——小思訪談錄（上）》於去年出版，睽違一年始見下冊面世，有心讀者也許要問，不是說二十多次的訪談與四十萬字的錄音稿都已經完成了嗎？下冊理應更早與讀者見面才對。理應如此，但有一種心思與堅持，總會落在出版日程之外、細察思量的情理之中。

回顧上冊的經驗，愈是得到讀者熱心的迴響，「文化人眼中的香港」計劃同仁就愈認為訪談的形式與內容，仍有不少可供開發、意猶未盡的地方。但為期一年的訪談既已圓滿結束，斷無「從頭談起」之必要，除了繼續剪裁錄音稿，訪談計劃的兩位靈魂人物，小思老師與鍾基老師，都願意為新一輯的《曲水回眸》增添一個有趣的元素——筆談。

「筆談」，可以泛指具言說色彩的散文，如茅盾就曾在香港主編《筆談》半月刊，論時閱世，以筆為言；[1] 又或是一個專門的課題，即漢字文化圈如中日韓等地區以漢

1　茅盾主編：《筆談》半月刊，香港：筆談社發行，一九四一年九月一日創刊，至一九四一年十二月一日第七期停刊。

文交談的方式。[2]如果順着「曲水」聯想，不難想到鼎鼎大名的「夢溪」。北宋沈括的《夢溪筆談》因「談謔」而起，至格物致知無所不談，不啻是筆談文體靈活與博雜的高峰。[3]驟看我是愈說愈遠了，但其實以上三個筆談的注解，對本書之內容與形式的探勘，都可提供饒有深意的座標。

重温小思散文之美

《曲水回眸》下冊所謂增補的筆談，基本上仍是以早前四十萬字錄音稿為起點，再由訪問者楊鍾基教授就若干課題進行「補問」，然後讓盧老師「補答」——通常在三五天以內，我們就會收到精彩的回覆，再行編訂。換言之，下冊所見不只是盧老師的即

---

2 有博士論文即從語言學角度專門討論漢字筆談（Brush Talk）的歷史。Hwang, Meng-Ju. (2009). Brush Talk at the Conversation Table: Interaction between L1 and L2 Speakers of Chinese. University of Hawaii at Manoa, ProQuest Dissertations Publishing, 2009. 3399852.

3 史丹福大學艾朗諾教授（Ronald Egan）指沈括的《夢溪筆談》具備以下特點：龐大的目錄呈現廣闊而奇異的知識系統、對街談巷議之興趣不下於士大夫軼事逸聞，文體輕盈有趣味；在內容上，《夢溪筆談》則見隱沒於傳統社會中的各行各業，記錄時人鮮感興趣的各種科學實驗，寫出社會身份邊緣的人物之特立獨行，最後能在各種瑣記雜論之中，指出當世主流知識與價值之匱乏，不足以理解往後世界的發展。見 Egan, Ronald. "Shen Kuo Chats with Ink Stone and Writing Brush." Idle Talk: Gossip and Anecdote in Traditional China, edited by Chen, Jack Wei, David Schaberg, Berkeley: Global, Area, and International Archive, University of California Press, 2014, pp.132–153.

場訪談記錄，也有事後由她親筆添補的筆談文章。或問這種隔空筆談，可會失去訪談者正面交鋒的神采？讀第一章〈筆耕心田〉開首，讀者大可放心。楊老師好興致，在補問中用拆字法把筆名「小思」聯念到神主牌的對聯「心田先祖種　福地後人耕」。盧老師的「神回覆」即謂：「啊！真虧你想得到，（……）只要不是『擺我上神枱』，那就好了（。）」

這一段，我是看一次笑一次的。但首章〈筆耕心田〉的意義不止於此。「筆談」既為散文的一支，作為香港散文家之一的小思自是駕輕就熟，從《路上談》一路走來，可謂無所不談；惟我們一直較少讀到的，是小思在創作路上的自道甘苦，以至對自己筆下文章的細讀。鍾基老師不讓昔日「師姐」有謙虛的機會，補問了小思散文世界中的心境、作家本色與「哼哼唧唧」之辯，結果引出了精彩的剖白，使我們得見小思散文之浩然正氣與春風詞筆之兩端，既有力澄清了「哼哼唧唧」之説，亦深化了「婉約」一詞的風格意義。

樊善標教授在本章的提問則主要來自早前的訪談，準備之充分及資料印證之功力令人佩服。早年小思在《中國學生周報》刊登的未結集文章、編輯經驗，以至稿費單，經過訪者用心的提問設計，引出一九六七年一篇〈飛雲憔悴夕陽閑〉而見的抒情文風轉折，還有「穀青社」、《青年樂園》的背景與故事，構成五六十年代青少年文學空間的一頁珍貴歷史。本輯亦因而加強了插圖的歷史解說功能，另外亦盡量把相關文章附錄於每章之後，這都要感謝編輯的用心安排，以及盧老師的從旁指導。

穿越語境時空之感

前述「筆談」亦可專指中日韓等地區為打破溝通障礙而發明的「漢字筆談」。本計劃同仁溝通可謂暢通無阻，加諸科技發達，會面、電郵、電話、短訊隨手可得，我們仍然堅持加入筆談，必具獨特意義。事實上在「漢字筆談」的研究中，論者並不都認為「筆談」只是單純解決言語不通或提升語言習得的方法，而是可以加深雙方各自文化語言的理解，甚至可能帶出新的問題。

第二章〈熱血青春〉談論小思的香港社會運動經驗，以及文學在其中可能發揮的作用。部分內容來自二〇一四至一五年間的訪談錄音，猶記得當時的訪談並不容易開展，大家都深感在時代中發聲的重要，但亦不想以激越的言辭總結當下難以平靜的心情，進度斷斷續續。筆談所能帶來的時間與沉澱，終於讓〈熱血青春〉以現在的面貌完整出現。盧老師誠摯分享當年參與「中文合法化運動」的觀察，剖析「金禧學運」背後的唏噓以至對某些參與者構成的心理重擔之餘，更令人動容地重讀寫於二〇一四年十月十一日的散文〈浴火鳳凰〉，以及一九八九年六月廿六日的〈筆寫的，有相干？〉，在在提示我們熱血的代價——但有力量的不只是青春熱血，只要文章有正道，筆寫的，有相干！

最後從早年〈藍玻璃〉和〈木偶之死〉兩篇短文，提出了關於偏見和自由的尖銳問題，小思都在重新細讀自己的作品中找到經時代洗練之答案。若非筆談，難有如此的空間在時代、語境、文章中來回印證，甚至對眼前之「傘後」情緒能有所回應。穿越時空語境的筆談，到底讓我們看得更多或更少了？讀者可以自行判斷。

歷史暗角中的香港

一九七三年小思到京都大學任研究員，自言是「眼界始大，感慨遂深」、「脱胎換骨」的一年。這段經歷在上冊稍有提及，近作《一瓦之緣》則更有豐富的文化思考。但要數關於此「京都一年」最詳盡而獨家的內容，還是本冊第三章〈一瓦之緣〉。本章部份來自早前錄音稿，記得當天訪談在小思家中舉行，大家聚精會神聆聽小思當年京都一日的研究工作與生活日常，也有一年間循四季節日而遊覽的足跡——其中有關服部先生一段尤其不容錯過！——當然，對東洋學術傳統的體會、對參拜靖國神社所生的危懼之情，以至二〇二〇東京奧運，及種種「哈日」風尚的敏鋭觀察，皆是本章增加筆談以後的看點。

這裏不禁打岔一筆。前陣子盧老師再捐贈一批有關中日關係的藏書與報刊予香港中文大學圖書館，在老師家中偌大的客廳內，資料與書籍儼如一幢幢起伏有致的小山，足見本章所引，實只冰山一角。其中有一套關於香港日治時期三年零八個月的剪報，我很感興趣，盧老師即許我先拿回家看，因為一旦入館，要經多番整理程序，未必可以馬上讀到。於是把檔案裝好在一個紅白藍大袋，電召的士送返中大。

這一批檔案同樣也只是盧老師文學檔案中的冰山一角，大部分為淪陷時期的香港剪報，頁頁皆可見侵略者「解放香港」、洗刷太平的荒謬，以及文人被開天窗禁制或虛與委蛇的無奈。但最叫我動容的是一九四五年日本投降以後，這些檔案一直跟進為期超過一年的在港日本戰犯審訊的新聞。日本戰犯受審，歷史中最著名的「東京審判」，早有史家專門整理研究。但查東京審判的全紀錄之中，殖民地香港顯然被「包括在外」，即使遠東國際軍事法庭中有英國的主審法官。[4]換言之，這些在香港進行的戰犯審訊報導，價值不在於當中的戰爭罪行有多駭人聽聞，而是讓我們知道這些香港的創

4 見［日］《朝日新聞》東京審判記者團著，吉佳譯：《東京審判》，石家庄：河北人民出版社，一九八五年五月第一版。

傷，竟在長達兩年多的東京審判歷史之外。沒有這一頁頁從舊報剪存的檔案，香港的傷痕可以就此在歷史中缺席。[5]檔案再次印證小思對日本這「可怕、可敬」民族的戒懼之情，以及她在上冊所言：「只因我關心中國，日本陰霾才在我心中佔一席位。」[6]

開拓新知的造磚者

第四章〈願為造磚者〉應是許多關心香港文學前景的人所期待的，內容廣涉盧老師學問與珍藏之四端：卡片檔案的體系與緣起、口述歷史工作難得的機遇、珍稀書刊的保存與公開，以及香港文學研究中心、香港文學特藏的發展故事。訪談請來「文化人眼中的香港」計劃發起人黃潘明珠女士，她早年為創建香港文學特藏與研究中心所付出的心力，正好說明讓香港文學成為學院內認可的研究範疇，一路可真稱得上是篳路藍縷，讓人更珍惜現有的成果。

5 有關日軍在港戰爭罪行研究，近年有劉智鵬、丁新豹主編之《日軍在港戰爭罪行：戰犯審判紀錄及其研究（上、下冊）》（香港：中華書局（香港）有限公司，2015年），利用香港大學法律系 Suzannah Linton 教授以英國國家檔案館（The National Archives）陸軍部檔案整理並建立的「香港戰爭罪行審判」電子資料庫（Hong Kong's War Crimes Trials Collection）之材料，編譯成書，亦甚可觀。然書中內容仍以法律檔案為主，與盧瑋鑾教授所藏檔案中的本地報章記者追蹤報道，性質與內容皆有微妙差異，值得比對參照。

6 香港中文大學香港文學研究中心編著：《曲水回眸——小思訪談錄（上）》，香港：牛津大學出版社（中國）有限公司，二〇一六年，頁69。

至於後續筆談的補充，則讓盧老師詳盡展現檔案學者「造磚」的觸角與精神——葉靈鳳在港時期的租單及學費收據，與施蟄存、侶倫、謝晨光、黃苗子、陳君葆、高伯雨等諸先生的面談經過，都是不可多得的歷史追跡體驗。讀〈願為造磚者〉，真正感受到文學若只靠吟咏賞析或建構各式理論，實不足以把握真正流轉不定的學術世界所需，這一章訪談與筆談，正好讓我輩反思。

中文系縴夫的信仰

關於香港教育問題，身處大學一般被認為是「不食人間煙火」的一羣，惟中大中文系一眾老師卻一直與香港語文教育發展息息相關，積極參與各種課程設計、考評，以至課外創意語文活動的開發。第五章〈縴夫的信仰〉結合小思談教育的〈縴夫的腳步〉與朱自清的〈教育的信仰〉，指出教育除了低頭苦幹以外，也要有仰首期盼的信仰。本章的筆談補充最少，因為早前與前中大中文系系主任鄧仕樑教授的訪談早已完成並經仔細訂正，但今日再讀仍覺亮點處處，發人深省。

鍾基老師先從退休教授生活談起，提到小思退休後彷佛更為忙碌的「第二人生」，並開展出幾個平日少有談及的教育課題，包括大學中文系的課程與社會角色之轉變，以及炙手可熱的「教改」、「範文」、「普教中」以至「德育課」的專業意見。其中我相當珍惜訪談內各位老師微妙的意見交換，例如鄧師以堅實的PISA數據反駁香港學生語文水平低落的普遍意見，認為教育工作者無須妄自菲薄；盧師則始終心念教改下師生疲於奔命之苦，認為教育該有慢活和喘息的空間。訪談中另一精彩處，是各位老師追記我輩已無機會親炙的早年中文系教師的風采。其中小思老師經常提到的「伍老」伍叔儻先生之精神面貌，最叫人嚮往。例如記當年崇基學院因創校初期財政拮据，未能為剛聘任的伍先生提供從日本到香港的船票，這位中文系的伍老師只以十個字回信：「男兒重意氣，何用錢刀為！」這又是我看一次眼睛便濕潤一次的句子。另有關於現代文學科與論文風格學的深入交流，皆讓今天的學院中人獲益良多。

受命不遷，生南國兮

本書壓卷一章幾乎是全新的筆談，就是第六章〈給香港的情書〉，呼應「文化人眼中的香港」計劃之核心，即曲水之上，小思對香港的一脈深情。兩年間訪談與筆談所及，包羅萬象，如何總結？面對今天輕言「香港已非我所認識的香港」的心情，我們認為重讀小思一九八五年出版的散文集《不遷》，最有積極意義。讀者不妨把這一章看成是一次《不遷》的讀書會，細味〈筆耕心田〉中所及的小思散文之美，體會意在言外的典故，與不願一語道破的婉約之風。這一章訪談者都傾盡全力，補問與補答都毫無保留，文氣與內容亦最為完整，因此我就不擬再於此多作補充。僅點出全章收結處最令我感受到「情書」意蘊的一句：「我此生能與香港相遇，稱得上『正當最好的年華』，但往後的日子，我願『盡人事，俟天命』。」

如果生於日戰陰霾中的小思也覺遇上了香港「最好的年華」；如果退休後仍撰述編著不輟的小思仍願意努力「盡人事，俟天命」，我輩還可有怎樣的埋怨與消沉的理由呢？《曲水回眸》上、下冊出版期間，香港人或經歷了不少傷心或失望的時刻，讀着小思這位「眾人老師」的心路歷程，能否就此放下心頭重擔之一二？我不敢肯定。但我卻在重複展讀的書稿之中，大膽肯定是次參與訪談的各位同仁，都和我一樣，在與我們敬愛的小思的交流之中，獲得了力量與提升。大家為此計劃所付出的心力，我已在上冊的序言中交代，於此不再一一重複。曲水悠悠，這三年間的相知相識，合作與同心，一定永在念中。

目錄

筆耕心田

「事事關心應該是你寫一系列散文的切入點吧？」

「是的，……該談些甚麼社會話題，該怎樣表達自己意見，這都是我切切考慮的問題。……一星期只有兩篇文章，字數又少，理論寫不深，敍事寫不厚，但我珍惜這一週兩次的發言機會，你以為我不會寫吃喝嗎？我一樣會寫。但我想別人看見我在談吃喝中，知道我是希望透過吃喝這件事，切中反省一些道理。」

楊：楊鍾基教授　樊：樊善標教授　黃：黃念欣教授
潘：黃潘明珠女士　李：李薇婷女士

執筆為文：求真先於求美

楊　我很喜歡「筆耕心田」這標題，它讓我聯想到小時家家常見神主牌上「心田先祖種，福地後人耕」的對聯，這實在很能切合小思作品中的人文關懷和對文化承傳的重視。另外，「心田」兩字，合文生義，又構成了小思筆名中的「思」，雖然小思解釋過，「小思」緣起於「夏颸」的棄繁就簡，但我想補問的是，這筆名伴隨了你幾十年，會否增添了與你的文風和理念有關的意義或聯想？還有，你對「筆耕心田」的標題有何會心之處呢？

小思　啊！真虧你想得到，神主牌上常見的老對聯，會那麼傳神寫意。只要不是「擺我上神枱」，那就好了，反正所有有心思的寫作人，都盼望「福地後人耕」的呀。至於「思」字，倒果真是一塊心田，幾十年來，別忘了加一個「小」字，才稱得上是我。小耕小種，順其自然，源我心志，談不上文風理念的意義。

楊　**我在閱讀你的作品時，有一些想法。你常常運用一種孩童的、回憶的視角，這種視角，隨着年紀增長又會變化。你的散文集《翠拂行人首》，內裏篇章雖由黃念欣編選，題目卻是你自訂的。我查過題目出處，那篇同題散文〈翠拂行人首〉是《豐子愷漫畫選繹》中的一篇，寫於一九七〇年，卻由「楊柳依依」寫到「雨雪霏霏，滿頭華髮」，為甚麼這樣早就有像退休般的心境呢？待你真的退休後，文章風格又是一變。**

小思　「翠拂行人首」，出自宋代詞人宋祁〈錦纏道〉，是豐子愷借題繪畫時用上的。我演繹豐先生的畫，也是無端生感，字與畫沒配上，卻與題配上了。原因只為了我很喜歡《詩經・小雅》的〈采薇〉。儘管眾多箋解，說甚麼戍役思人之切，我一讀，只深感楊柳依依，雨雪霏霏，那強烈對比，拱托了今、昔，聚、散的悲情，不必多着一字。而我又愛讀宋詞，喜讀周邦彥，不忘〈六醜〉：「長條故惹行客，似牽衣待話」，多年後，頓覺柳拂人首比柳牽人衣之情更微妙，不着痕跡，會記得一生一世。那不是寫退休般的心境，是少年想像的情愫而已。

楊　**那你想不想聽一則黑色幽默？那時我們向莫可非老師說，師姐這些文章，唉，有點「哼唧唧」……**

豐子愷有多幅以「翠拂行人首」為題的畫作，下圖是刊於第九五四期《中國學生周報》（一九七〇年十月三十日）小思（筆名明川）的專欄。

豐子愷漫畫選譯古詩今畫之二十

翠拂行人首

明川

昔我往矣，楊柳依依。

當年，湖畔有香塵十里，春風把柳陌的碧綠都凝住了，映得有半湖閒閒的春色。那時，我還年輕，總愛過着彫鞍顧盼，有酒盈樽的疏狂日子，等閒了春的殷勤，柳的依依。

有一天，我向江南告別，只爲自信抵得住漠北的蒼茫。我對拂首的柳說：「你別挽留，我有出銷寶劍，自可不與人羣。」

驀地，我從夢中醒來，發現了雨雪霏霏，發現了滿頭華髮，發現了四壁空虛。我已經很累了，什麼都不願想，只想念曾拂我首的柳絲。

小思　其實莫老師沒看過我寫的文章。你們說的有點「哼哼唧唧」，應該並不是指我，而是指當年學力匡體[1]寫「海呀山呀」的師兄師姐們。我讀初中二年級時，莫老師已經教我讀課外書，要我讀馮友蘭「貞元六書」：《新理學》、《新事論》、《新世訓》、《新原人》等等。印象最深的是他講吳偉業〈圓圓曲〉，講明末清初政治的不堪，譴責吳三桂降清之不忠……會背「全家白骨成灰土，一代紅妝照汗青」的我，怎會「哼哼唧唧」？如果你認為我年輕時的作品哼哼唧唧，無病呻吟，我只能說的確是有種蒼涼感覺要表達，而非假意。

楊　**我想問，你作為一個散文作家，在年歲增長，技巧漸漸爐火純青的時候，如何再寫過往那些較抽離於現實的文章？你覺得自己散文之美，究竟美在甚麼地方？你有沒有一種身為作家的自覺？**

1　力匡（1927–1991），原名鄭健柏，另有筆名百木、文植。生於廣州，一九五〇年來港，任職中學教師及圖書館主任，於一九五八年赴新加坡從事教育工作。曾主編《人人文學》及《海瀾》，著有詩集《燕語》和《高原的牧鈴》、散文集《北窗集》等。作品見於《星島晚報》、《中國學生周報》及《大學生活》等。力匡在港期間發表大量詩作，作品深受年輕人歡迎，文藝青年爭相仿效，人稱這些寫作風格為「力匡體」。

小思　我在《中國學生周報》上的專欄，一開始就關心作品要寫給甚麼人看。《一月行》[2]、《書林擷葉》[3]、《路上談》[4]、《豐子愷漫畫選繹》均如此，都給學生青年看，其中《豐子愷漫畫選繹》是寫給一些很需要感性文字的讀者看的，我知道那年代許多年青讀者喜歡這類文風。後來，在《星島日報》、《明報》寫專欄，一星期只有一篇或兩篇，五百字至一千字一篇，我不能估計甚麼人會看我的文字，但我很珍惜這發表機會。我有話要說，盼望以文字來道出心中所想，有人共鳴、有迴響的事。我一向不大寫抽離於現實的文章，這是我執筆為文的自覺。美不美，我不刻意去求，我要真。

楊　**有話要說，即是作家本色，你還是不要逃避「作家」這個身份吧。讓我單刀直入問一句，你真是「都忘卻，春風詞筆」了嗎？還會不會寫較早期，像《豐子愷漫畫選繹》那種文風的散文？**

2　《一月行》為小思在《中國學生周報》撰寫的第一個專欄，連載台灣之旅的遊記，於一九六三年十一月十五日至一九六四年一月二十四日止（第五九一期至第六〇一期）。

3　《書林擷葉》為小思在《中國學生周報》以「盧颿」為筆名撰寫的專欄，由一九六五年八月二十日第六八一期開始，至一九六六年四月一日第七一五期為止，共十五篇。

4　《路上談》為小思在一九六九年五月二十三日起至一九七〇年一月三十日於《中國學生周報》撰寫的專欄，後來分別由純一出版社和山邊社結集成書。（小思：《路上談》，香港：純一出版社，一九七九年十月；小思：《路上談》，香港：山邊社，一九八一年一月。）

小思 你既用姜夔的〈暗香〉垂問，我就回你：「又片片，吹盡也，幾時見得」？

楊 **你不願自評，我能理解，那說說你對他人評論的看法吧。如李瑞騰在《今夜星光燦爛》的序言說你的散文風格「清爽親切，質而實綺，癯而實腴」，我覺得很有意思。你固然能寫正氣、不外露的美文，但有時也有較綺麗的作品，例如〈秋之小令〉之類。你雖說過不喜歡「閨秀」這標籤，但這婉約風格又從何而來？**

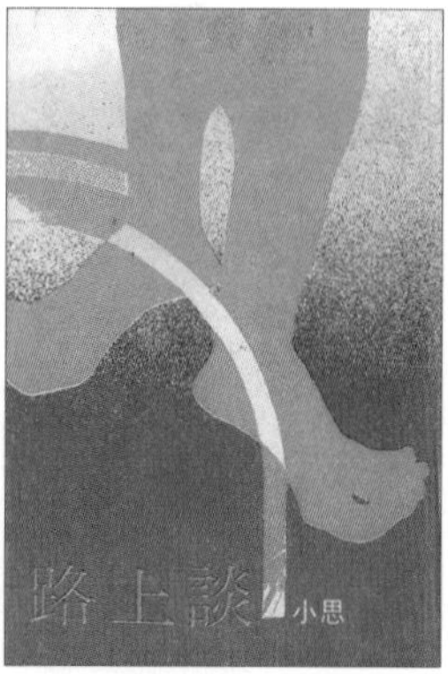

一九七九年十月的《路上談》初版，由水禾田設計封面。

小思 我讀中文系，陶醉宋詞。一本上彊村民重編、唐圭璋箋注《宋詞三百首箋注》，自一九六二年至今，仍在枕邊，隨手翻開隨緣讀一闋。我讀宋詞，多配詞話細味。陳廷焯、周濟、梁啓超等等，一句中的，引我泛舟桃源。婉約者貴在含蓄，往往一字一句即令意境全出。我連寫散文也想這樣，故很難「有碗話碗，有碟話碟」，絕不合現代速食讀者口味。

小思讀了五十多年的《宋詞三百首箋注》，眉批、筆記處處可見。

楊 但同時你亦寫過許多雄辯而有氣勢的文章。記得你說過小時候曾代表學校參加演講比賽，又入選過辯論隊，最後卻因友情而「害怕」辯論。但在文章世界，我看你之後還是有許多因事而起的散文，皆理直而氣壯。《明報・一瞥心思》專欄的文章最見「事事關心」的散文特色，能否談談此一專欄與你以前的散文比較，在思想上、心情上以至文章題材和風格的最大轉變？

小思 從幼年在母親身邊，已慣聽母親講中國歷史、世界新聞。她也關心左鄰右里的事，例如她提議一梯三層六伙的唐樓住客科款合造梯間木扶手，以減上落危險，這種公眾事在五十年代不作興的。我想「事事關心」就源於母教。我小學中學作文，都「事事關心」的。故在思想上、心情上以至文章題材和風格，都沒有多大轉變。

寫作路起步：「毅青社」的意義

樊　**雖然盧老師您的自我定位是教師多於作家，但客觀上您一直寫作，發表數量相當多，成績備受肯定。您走過作家的路，由投稿到接連發表，甚至擁有自己的專欄，從您的歷程裏可看到香港文壇的一個面向。數年前您介紹我認識區惠本先生[5]，從他那裏我得到的印象是，登上文壇對於五、六十年代的青年來說是很困難的。這次希望從您這裏了解成為作家要走的路、作家之間的關係，以至不同世代如何輪替。這些其實就是文學生產的機制。**

5　區惠本（1938–），廣東南海西樵人，幼年來港，一九五九年畢業於新亞書院文史系，一九六一年在新亞研究所取得碩士學位。在嶺英中學就讀初中時開始投稿於《星島日報・學生園地》、《華僑日報・學生園地》等，後就讀新亞書院時與黃俊東、扎克（麥仲貴）合組文社「微望社」。畢業後曾任小學教科書編輯、《明報晚報》副刊編輯、《香港電視》編輯等。作品發表於《大公報》、《文匯報》、《新生晚報》、《天天日報》、《星島日報》、《星島晚報》等報副刊，筆名孟子微、穆逸、鄧國英、慧庵、于徵等。

小思　這是一個好問題，需要詳細地分開幾個層次來回答。首先，我強調自己並非作家的原因，是我並不認為自己擁有作為詩人的自覺，或創作者的敏感與豐富聯想。在金文泰中學讀初中時，班上有喜愛寫詩的男同學，郭漢宗、徐柏雄都是那年代學界略有名氣的詩人。他們總是在寫詩，但五、六十年代並不像現在，有許多機會讓他們發表自己的作品，他們只能自掏腰包購買蠟紙針筆鐵板來製作油印本詩刊，分給同學閱讀。忽然一天他們「迫使」我當上一回《青年樂園》的編輯。一羣愛好文藝的同學聚在一起，自然會互相影響。他們說：「你不寫詩，不如試寫散文吧！」於是我便開始寫散文。

樊　**那大概是甚麼時候？**

小思　初中二、三那兩年吧。

黃　**那份油印本詩刊有名字嗎？**

小思　沒有。只是後來我們又在班裏組織辦壁報，便以「毅青社」作社名。

樊　**「毅青社」是由金文泰中學幾位同學發起成立的？「毅青社」是「文藝青年」的簡稱嗎？**

小思　忘了誰想出「毅青社」這名字來。後來班上的同學多加入了，我想指的是「有毅力的青年」。不過，社內真正創作的人不多，反而成為像班會性質的組織。我們曾以「毅青社」的名義設計壁報，方便同學寫作。可惜壁報上板後，卻被迫清拆，因為當時學校最害怕政治滲透，早已不滿我們結社了，還做壁報？當然禁止了。我任社長，要向校長申請，他要我找一位中文老師肯擔保壁報的內容政治正確，才批准面世。結果，連那些疼惜我的中文老師都因為害怕負上責任而不願意簽署擔保，校長便叫我們拆下來。我們只好無奈拆下。《青年樂園》那一次後，我們便不敢再以「毅青社」的名義出現。

李　**「毅青社」那羣男同學是怎樣的人？**

小思　他們整天在寫新詩，但對古典文學的功課卻不大理會。有時甚至上課的時候，也偷偷在桌子下寫詩。有一次，中文老師終於發現他們的行為，知道他們在報紙上發表過作品，氣得在課堂上公開說：「你們現在得意洋洋，以為自己的作品很好，十數年後回望時，才知道羞愧！」當時，我將所有暗地寫下的稿子及貼着同學作品的剪報全都銷毀了。

《毅青社同學錄》封面、內頁及金文泰中學校長序文。

序文一　　羅嗣超校長

古者以文會友。晝夕講習。互相切磋。其於研求道術之功。裨益匪尠。有明一代。結社講習之風尤盛。洎夫末流。標榜門戶。頗尚虛聲。乃變其質。清初文網甚密。嚴禁士子糾衆集社。此滿人鞏固政權。強施鎮壓。以摧殘士氣焉耳。實則結社講習。問難析疑。以宏其學。與古人所謂借他山之石以攻玉攻錯者。無異致也。本校一九五六年初中三年甲級諸同學。夙設有毅青社。社中諸人。今已升至高中三肄業。去卒業之期不遠。恐夫別易而會難。日久而情疏也。乃倡議刊印同學錄。誌其里居。附以照像。蓋欲聲氣相通。永篤情誼。其意固殷殷也。顧本校校友會設立多年。不限於入學先後。不問於肄業班次。凡屬同學。皆爲此團體中之分子。毅社諸人。固無例外。會中寧無同學之錄乎。吾轉以毅社爲多此一舉矣。頃社友范君於斯錄之刊。丐余爲序。并述其設社之經過。經由當年校方允許。而社中同學。如針芥之相投。苔岑之同契。真誠相感。古道是求。非敢別樹一幟以自異。予感其意。乃書所欲言者以告之。期其能臻於古人以文會友之意。而弗溺於末流標榜之習也。毅社諸君。其勉之哉。

小思曾輯選《中國學生周報》(左)的文章，編成《舊路行人》(右)。

黃　**當時的老師不鼓勵學生創作嗎？**

小思　當然不鼓勵！因為害怕學生「多事」，而且也看不起白話文。可歎今天有些學生卻認為老師鼓勵他們創作是一種「迫害」。當時我們無論做甚麼，都有老師潑冷水的。也正因如此，磨練了我們寫作的意志，潑不滅我們心頭的火。那時有兩類人，一是像我這樣，被同學拉攏後才開始寫作；另一類就是中文水準好，有寫作能力，自然不畏寫作。但很奇怪，有些人一出外工作便銷聲匿跡，停止創作。他們其實與區惠本先生同期，但區先生仍寫文章、當編輯。這就是中學時期，未曾有文社、學生刊物時，我們所走過的路。

我繼續回應樊善標所問。一般愛好寫作的年輕人，可以説無法打入所謂「文壇」——報刊設的《學生園地》、《青年文友》、《中國學生周報》、《青年樂園》，都只提供部分園地給學生試筆，就算較多見報的作者也不能説登上文壇。因為當時文學雜誌罕有，報紙副刊卻是成名作者天下，例如若由上海人作總編輯，他便會招來自己的文友來寫專欄，分割地盤，久而久之讀者便習慣了讀某些作者的文章，若是突然換別人寫，讀者便來詢問，若有所失。哪輪得到青年作者佔一席位？當然，以當時《周報》為例，只要你的文章讓陸離、羅卡、吳平覺得可用，便會刊登，甚至忽然火紅起來。又例如《星島日報》的《學生園地》，雖然常常只看見幾個熟悉的名字，但若是好稿，要被採用也是不難的。以上提及的刊物，再加上一些文學雜誌，如《文壇》、《人人文學》、《海瀾》、《當代文藝》……偶會採用學生水準的作品，但也非常態。五十年代中葉，才見青年自辦的雜誌如《詩朵》出現。文壇嘛！當年是個狹隘空間。

「被」當了一次編輯：《青年樂園》軼事

樊 當時您有創作嗎？

小思 五十年代，《青年樂園》便刊載了我的一篇文章，現在回看也不像是中二、中三時能寫出來的作品，那是我人生中最危險的青年期寫照，父母雙亡後，才會寫得那麼悲哀，但這不算是創作，只是習作。

樊 為何《青年樂園》會來邀約你們編輯其中一版呢？

小思 有一天在《星島日報》、《華僑日報》的《學生園地》已經略有名氣的同學說《青年樂園》希望讓中學生試編其中一版，由學生自行組稿、排版，於是提議我們參加。不過，那些寫詩的同學怎會動手做編務？便拉我來協助。我傻傻地答應了，但哪懂得編輯工序呢？只是把稿件都集中起來，獨自走上《青年樂園》編輯部，告訴編輯我們希望刊登甚麼文章罷了。誰料我日後便莫名其妙地被認為當上了該版的「編輯」，用現在流行語應叫「被當編輯」。

樊 **《青年樂園》的編者是因為在《星島晚報》、《華僑日報》看見幾名金文泰中學的學生投稿，所以主動邀請？還是全港的中學都邀請呢？**

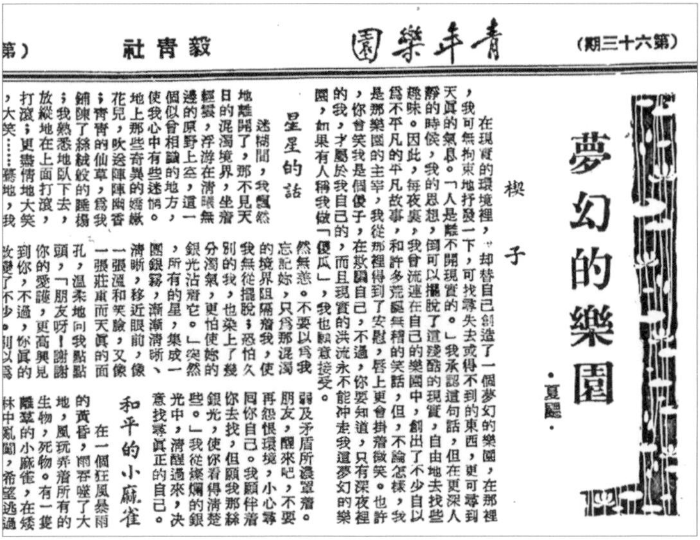
（第六十三期） 青年樂園 毅青社 （第

夢幻的樂園

·夏颸·

楔子

在現實的環境裡，却替自己創造了一個夢幻的樂園，在那裡，我可無拘束地抒發一下，可找尋失去或得不到的東西，更可尋到天眞的氣息。「人是離不開現實的。」我承認這句話，但在更深人靜的時候，我的思想，倒可以擺脫了這殘酷的現實，自由地去找些趣味。因此，每夜裏，我會流連在自己的樂園中，創出了不少自以爲不平凡的平凡故事，和許多荒誕無稽的笑話，但，不論怎樣，我是那樂園的主宰，我從那裡得到了安慰，唇上更會掛着微笑。也許，你會笑我是個傻子，在欺騙自己，不過，你要知道，只有深夜裡的我，才屬於我自己的，而且現實的洪流永不能冲走我這夢幻的樂園，如果有人稱我做「傻瓜」，我也願意接受。

星星的話

迷糊間，我飄然地離開了，那不見天日的混濁境界，坐着輕雲，浮游在清曠無邊的原野上空，這一個似曾相識的地方，使我心中有些迷惘。地上那些奇異的嬌嫩花兒，吹送陣陣幽香；青青的仙草，爲我鋪陳了絲絨般的睡榻；我熟悉地臥下去，放縱地在上面打滾，打滾；更盡情地大笑，大笑……驀地，我

然無恙。不要以爲我忘記妳，只爲那混濁的境界阻隔着我，使我無從擺脫；恐怕久別的我，也染上了幾分濁氣，更怕使妳的銀光沾着它。」突然，所有的星，集成一團銀霧，漸漸清晰、清晰，移近眼前，像一張溫和笑臉，又像一張莊肅而天眞的面孔，溫柔地向我點點頭，「朋友呀！謝謝你的愛護，更高興見到你，不過，你眞的改變了不少。別以爲

弱及矛盾所籠罩着。朋友，醒來吧，不要再怨恨環境，小心尋回你自己。我願伴着你去找，但願我那絲銀光，使你看得清楚些。」我從燦爛的銀光中，清醒過來，決意找尋眞正的自己。

和平的小麻雀

在一個狂風暴雨的黃昏，雨吞噬了大地，風玩弄着所有的生物，死物。有一隻離羣的小麻雀，在矮林中亂闖，希望逃過

小思初中時便以筆名「夏颸」於《青年樂園》（一九五七年六月二十二日）發表〈夢幻的樂園〉。全文見本章附錄一（第44頁）。

小思 我不知道。只是當年《青年樂園》接觸許多中學生，特別是名校如聖保羅、皇仁、英皇、庇理羅士、金文泰等，是他們希望接觸的重點學校，因為這些都是精英學生才能入讀的學校。

樊 他們的組織和滲透能力的確厲害。當時中學生很流行在《星島日報》及《華僑日報》的校園版投稿，您曾在這些園地投稿嗎？

小思 沒有，倒是經常閱讀，像區惠本，中學時我便經常閱讀他的作品，把他當作偶像一樣。

樊 所以中學時期，您的投稿只限於毅青社內以及《青年樂園》那一次？但您一直有看《中國學生周報》和《星島日報》這些報刊？

小思 對。特別是《中國學生周報》、《青年樂園》，都是中學校工代購的。他知道我喜歡看這兩份報紙，小息時候，便會放在我桌面，待下課再付款。我還訂閱《青年文友》。

《青年文友》封面，右為創刊號。

《青年文友》是十六開約三十二頁的綜合性半月刊，內容有國學研究、科學新知、攝影、連環圖、遊戲、文藝……等多項。而最吸引我的，是它的問答遊戲和學生園地。常識問答比賽的內容，多是中學生能力所能解答的，每次接到問題，我都會到圖書館去翻書，很多時都要花兩三小時才能答好題，把答案寄出，然後等待揭曉的時刻，享受那種「名登金榜」的榮譽。

一九六〇年代初，香港學生文社如雨後春筍，發展得蓬蓬勃勃，很多文社人都把文章投到《青年文友》的學生園地發表，主要是它的稿費不錯，一篇幾百字的散文，通常都會有五元。在四毫子可買一本言情小說，一兩元可買到厚冊純文學創作的當年，這些稿酬是相當可觀的數目，也是我輩窮學生零用的主要來源。而學生園地也由每期兩頁而增至四、五頁，大受歡迎！

《青年文友》創刊於一九五二年初，一直出到一九六三年末才停刊，算是一份長壽的期刊。

許定銘〈從書影看香港文學之三〉（轉載自《香港文化資料庫》網站，二〇一五年六月九日。）

家國感懷的《一月行》

樊　較多投稿是升上新亞書院後？

小思　是。大一暑假，我參加台灣僑委會主辦給香港大專學生的觀光團，到台灣旅行一個月。那是我首次離開香港，到陌生的台灣，受到很大刺激。完成這趟旅行後，我心中積壓了很多感觸。大二開課，經常在大學新亞校園的圓亭內徘徊。當時生物系的系主任每次看見我，都招呼我進辦公室聊天。閑聊中，他問我：「細路，為何這樣不快樂？」談及台灣之行，我告訴他原委，他竟叫我把這些想法寫出來。我寫好了就給他看，他還用鉛筆為我修改。沒想過，鼓勵我寫作的竟是生物系的老師。

樊　這位是任國榮先生？

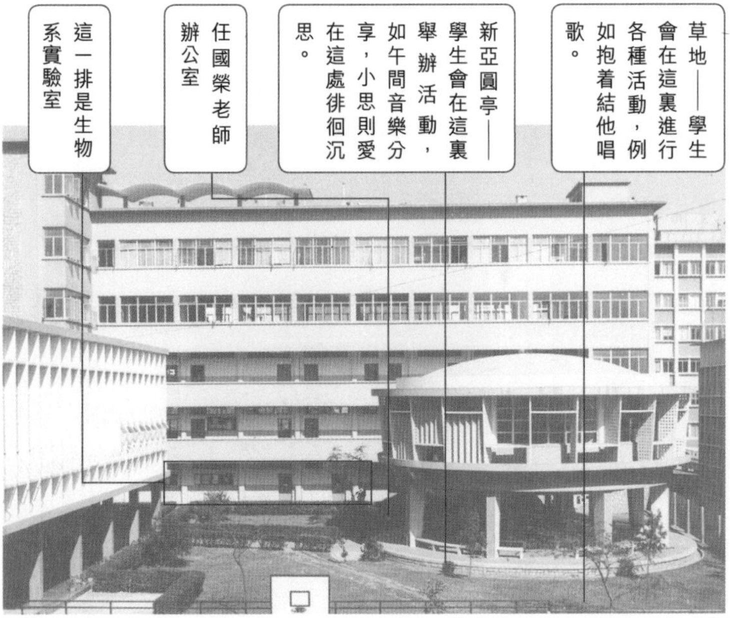

草地——學生會在這裏進行各種活動，例如抱着結他唱歌。
新亞圓亭——學生會在這裏舉辦活動，如午間音樂分享，小思則愛在這處徘徊沉思。
任國榮老師辦公室
這一排是生物系實驗室

農圃道時期的新亞書院校舍。

小思 對，他是個嚴厲的老師。他喜歡請學生吃飯，但學生卻很害怕，理由是你拿碗筷的方式不對會給他罵，夾餸的遠近不對又罵。但是，我們都非常尊敬他，因為他對生物系的建樹甚多，他開創了新亞書院生物系，徐立之是他徒孫。我常追隨他去實地生物考察，也學會了許多人生道理。我也常向陸離提及台灣之旅，又把任老師看過的文章給她看，她就叫我登在《中國學生周報》上，成了我第一個專欄。

樊 **中大圖書館「香港文學特藏」裏展出了一張《中國學生周報》發給您的稿費單，是一九六三年的。因為是複印本，數字痕跡模糊，我依稀看見是十月時發的，但您說《一月行》是您首次投稿的，而刊登的時間是十一月份。**[6]

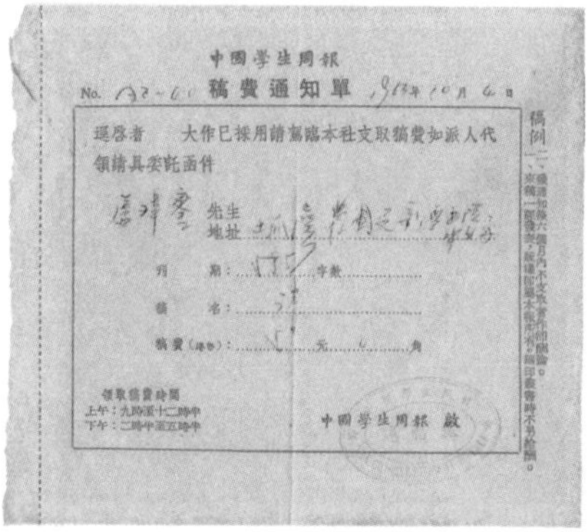
中國學生周報
稿費通知單
No.

逕啟者　大作已採用請駕臨本社支取稿費如派人代領請具妥託函件

先生
地址

刊期：　字數
稿名：
稿費：　元　角

領取稿費時間
上午：九時至十二時半
下午：二時半至五時半

中國學生周報　啟

《中國學生周報》一九六三年發的稿費單。

小思 《一月行》是我首次投稿，那稿費單是關於一段小稿，不算正式投稿。

樊 **那麼您純粹是以讀者身份投稿？還是早已認識陸離？**

6　小思：〈熱與驪歌〉，《中國學生周報》第五九一期，第三版，一九六三年十一月十五日。

小思　我大一那年已認識陸離了。我大學三年級寫《一月行》，而她畢業便進入《中國學生周報》工作。

樊　**那時一投稿便是連續十一篇的《一月行》？**

小思　因為當時甚少人寫遊記性質的作品，便開始有人注意到。其實只因首次離開香港，感受很多而深，有許多話積在心中，上面說過，我對任老師說，也對陸離講，她就提議我把寫出來的給她登出來，便是《一月行》。算不算投稿呢？

為教而寫：《路上談》、《大孩子信箱》

樊　**您接着在《周報》發表其他文章是否也和陸離有關？**

小思　我常在《周報》讀到陸離提供刊出的「花生漫畫」，而我認為中國也有好的漫畫，便把豐子愷的漫畫給她看。看後她說要原圖刊登，但我認為年輕一輩未必能輕易理解畫中深意，於是提出由我寫些自己的感想來幫助大家理解，這就是《豐子愷漫畫選繹》。有人並不喜歡我這樣解讀或強解豐子愷漫畫的，但畢竟我介紹了另一種漫畫風格，令中西兩種風格同時展現在《周報》中。

另外，陸離和我都很喜歡上海越劇，於是我們又介紹上海越劇。而我也喜歡唐滌生那一類廣東粵劇，我是首個在《周報》介紹雛鳳鳴的。[7]是陸離令「小思」這名字出現在《周報》的。

有一次「雙十節」的《周報》特刊，[8]整個版面由我負責，介紹許多為改寫中國命運而犧牲的人。後來剛巧有人不再寫《大孩子信箱》，陸離便希望我來寫，我答應後，寫了一兩次便不願再寫，竟然有讀者問為何小思突然不寫《大孩子信箱》。加上寫了《路上

研究花生書 請看

時代周刊如是說

□陸離譯寫

先擧兩個例

日常生活的題材 新鮮雋永的幽默

中國學生周報

豐子愷漫畫選譯古詩今畫之二十四

今夜故人來不來，教人立盡梧桐影

明川

《中國學生周報》上介紹花生漫畫和豐子愷漫畫的版面。

7 小思：〈由辭郎洲的演出看雛鳳鳴劇團這些小傻瓜們〉，《中國學生周報》第八九五期，第十一版，一九六九年九月十二日。

8 這裏指一九六四年十月九日的《中國學生周報》，頭版題目為〈國慶特刊〉，〈華夏篇次風字均・堂堂華夏國大風〉為小思作。詳見《中國學生周報》第六三八期，第二版，一九六四年十月九日。

談》，「小思」就定型是「老師」了。當年在《周報》，讀者、作者、編輯的感情，比現在的來得親切。這一點，在我回顧《周報》歲月時，是重要的特點。

樊

我曾經查閱過您在《周報》上發表的文章，而您剛才的回答，印證了我閱讀後的許多想法。您從就讀新亞書院開始便發表，除了《一月行》的遊記外，早期的文章內容有許多民族、教育理想，例如剛才提及的雙十節特刊。您在特刊裏介紹了許多革命先烈，又附上一首以辛亥革命為題的古體詩，您又在《學壇》上寫年青時的孫中山先生等等。[9]我感覺您最初寫作並不是為了抒情，而是為了介紹一些事理，例如民族思想。後來有一篇文章〈為飢餓者向周報進一言〉，[10]指出《周報》的文字太深奧了，擔心讀者未必讀得明白，也是有明確用意的。我找到第一篇抒發感情多於教育目的的作品，是一九六七年的〈飛雲憔悴夕陽閑〉[11]（全文見本章附錄二，第48頁），這篇文章寫您回到新亞書院，[12]在圓亭下

---

9 小思：〈年青時代的孫中山先生〉，《中國學生周報》第六四三期，第三版，一九六四年十一月十三日。小思於一九六四年至一九六六年間，不定期撰寫《中國學生周報》專欄《學壇》，主要的題材為民族、社會時事。

10 小思：〈為飢餓者向周報進一言〉，《中國學生周報》第七三二期，第三版，一九六六年七月二十九日。

11 小思：〈飛雲憔悴夕陽閑〉，《中國學生周報》第七六三期，第七版，一九六七年三月三日。

12 指現在新亞中學位置，即香港九龍土瓜灣農圃道。新亞書院遷移至沙田馬料水中文大學校園後，新亞中學於一九七三年九月五日在新亞書院舊址正式開辦。

徘徊的感受。這篇抒情文章相距您在《周報》開始發表已經四年，可見您的確不把自己當成作家。您本科畢業後便入讀羅富國師範學院（特別一年制）[13]，然後出來教書，我想了解當時的教育制度會否鼓勵教師寫作？

小思　新亞書院中文系只教作詩填詞，沒有教文學創作。師範學院更沒有這種課程。

樊　**那您寫作是純粹為了教育？**

小思　對，我常說中文老師一定要寫作。情況就像不懂游泳的人，不能當游泳教練。你不知道不懂游泳的人下水後心中有多怯，不知道原來有人下水會抽筋，不知道水的阻力有多大，怎去理解游泳的難度？教寫作亦如是。你要知道學生所面對的問題在哪裏，才可以體諒或理解學生為甚麼寫不好一篇文章。

另外，有些話，由於教學課程緊湊，沒時間在課堂上跟學生說或討論，正如《路上談》內所寫的內容，用文字寫出來會方便些。有些話，在課堂上說，學生未必聽得入

13　一九五五年開始，香港羅富國師範學院設有「特別一年制」，專供專上學院本科畢業生修讀，以取得教育文憑資格，在香港中學任教。當時仍屬私立專上學院如新亞、崇基等畢業生，多考入特別一年制就讀。

心，但若然他們突然發現報紙裏有老師的文章，就會好奇，反而會爭相捧讀，討論一下。所以，陸離建議我在《周報》開個專欄，我就答應了。

樊 您寫作純粹是為了先下水試試游泳，然後再教學生？

小思 對。且有話要說給學生聽。

樊 《周報》上的《豐子愷漫畫選》專欄是一九七〇年五月開始的。[14]那年一月您因為太忙碌而停止了另一個專欄《路上談》的寫作，稍後陸離宣佈您將成為《大孩子信箱》的其中一個回信者，她專門回答愛情問題，而您則回答家庭及學業問題，但您直到幾個月後，才首次回覆一名受學習壓力困擾的學生，介紹他閱讀西西的作品。後來再覆過一封信，[15]便停止了。

14 《中國學生周報》上的欄名是《豐子愷漫畫選》，結集成書時名為《豐子愷漫畫選繹》。

15 見小思：〈小思覆 TNT 同學〉，第九三〇期，第一版、第九版，一九七〇年五月十五日；小思：〈小思覆思絃同學〉，《中國學生周報》第九三一期，第九版，一九七〇年五月二十二日。

小思 老實說，我不寫是有原因的，那些年輕人的問題，不是一篇文章便能解決。如果你寫了一篇文章而沒能起作用，我認為不必再寫。

與豐子愷漫畫結緣：《豐子愷漫畫選繹》

樊 您寫這篇回信的同一天，便開始寫豐子愷的漫畫。[16]（**小思**：我都忘了此事！）我認為這個過程之中，您早期大部分作品都是以教育為目的來寫。當然，〈飛雲憔悴夕陽閑〉一文也不一定要全部運用老師的角度來看，以散文欣賞的角度看也可，所以我認為是您首篇純抒情的散文。而豐子愷的漫畫，若非有您剛才的解說，我便以為是一名喜愛豐子愷漫畫的讀者的自由聯想，所以，儘管您沒有把自己當成作家，但仍然漸漸走上作家的路。

小思 其實我剛才的回答，已經回應了您問我何以不把自己當作家的疑惑。我是有話要說，並非以創作藝術技巧來展現自己。我始終覺得作家要走另一條路，而不是寫普通的雜文、

16　明川：〈草草杯盤供語笑‧昏昏燈火話平生〉，《中國學生周報》第九三一期，第九版，一九七〇年五月二十二日。

依書直說、直抒胸懷。然而你問我，在文章中會否有個人的因素呢？這是直至後來我開始寫《七好文集》時才有的變化。我一直很在意報刊所面對的讀者羣，《周報》的讀者都是中學生，但《星島日報》卻是廣大市民，於是我才慢慢抽離純粹講教育、講國家民族的範圍，因為這並不是每個人也接受的題材。我很重視文章寫給誰讀，而我又希望他們能讀到甚麼額外知識或他人的想法。別人花費金錢和時間來閱讀一份報紙，我認為不應該寫太私人的事。另外，我期望自己思考的事情，別人閱讀後也與我一同思考。讀者的想法或與我大相逕庭，但我不會直接指出自己喜歡甚麼，亦不強求別人喜歡同樣的事物。

樊 **這種想法與陸離很不一樣。**

小思 對，她在這方面很堅持。

黃 **為何只有豐子愷的文章才用「明川」這個筆名？**

「七好」專欄於一九七七年結集成書，由台灣遠行出版社出版。

《豐子愷漫畫選繹》出版後不斷再版，封面也換過好幾款。

小思　因為《周報》上「小思」的形象已定位為教師，常常書寫教育、國家民族、文化思想一類的文章。剛開始寫豐子愷的時候，我便察覺他的作品不全是這範疇。讀者有時候也很「殘忍」，當你給予他們一種既定印象，日後要改變就很困難，隨時引來爭議。在這種情況下，我便理解到，若小思談及文藝一點的、重個人感情的作品，讀者未必接受，才另擬筆名「明川」，而這個筆名也只用在寫豐子愷的文章中。

樊　**您對豐子愷漫畫的興趣是從甚麼時候開始的？**

小思　還未唸小學，一九四七至一九四八年左右，香港與廣州仍然往來方便，我的姨丈來香港暫住，帶來兩件禮物給我，分別是一本豐子愷的漫畫，以及數張《十竹齋箋譜》的複印本。那時我並不知道有甚麼意義和價值，只覺得書中畫有小朋友的漫畫，非常有趣，便經常翻閱。小時候，因為家中只有繡像本的《紅樓夢》、《水滸傳》等，所以未入學我便看過那些繡像，記得當中一百零八個好漢的綽號、形象等等，也養成看圖畫的習慣。日後我很喜歡看漫畫，例如《何老大》。[17] 當時香港沒有公共圖書館，沒法借閱圖書，而

17　一九四〇至五〇年代，報紙常連載李凡夫的漫畫，主角是肥陳、大官和何老大，甚受廣大讀者歡迎。作品多為四格，題材以社會狀況或時事為主。

母親又不讓我看漫畫，幸好我經常到報紙攤替父親買報紙，那報攤老闆知道我喜歡漫畫，便跟我協議，讓我以一毫子的價錢坐在報攤看。看漫畫是我從小到大的愛好。當我接觸到與香港本土漫畫風格不同的豐子愷漫畫，便愛不釋手。直至小六、初中左右，我才開始閱讀豐子愷的文字，讀《緣緣堂隨筆》，這種漸進式的閱讀經驗，及個性使然，純樸的、自然的，以及談論小朋友的文章風格，很吸引我。

樊　似乎影響相當長久。

緣緣堂給戰火燒過的木門。

緣緣堂的中庭。

豐子愷先生的書房。

小思　影響我一生。直至我最近再到緣緣堂去，才知道影響已根深蒂固，至今仍存。

樊　**所以這是您知識與感受的根源，像得到一把尺子，讓您一生用來量度世事。**

小思　沒錯。

結交文友，隨緣散聚

樊　**您在新亞書院讀書時，九張學位試試卷全都是古典文學及歷史，但同時您卻寫作投稿。我猜想每個人在寫作初期都會有效法的對象，用以衡量自己作品的優劣，您有沒有這樣的榜樣？**

小思　在中學時期，每個暑期我都定一個閱讀計劃——預一年時間儲零用錢買書看。從小就看過《水滸傳》、《三國演義》等繡像本的繡像，以為不必再看，所以第一個暑假我便看《家》、《春》、《秋》、《雷雨》、《日出》，因為小學時聽過電台廣播劇，想看文字本。也看朱自清、冰心散文，徐志摩的詩。

樊　**所以您在中學時期已經有寫白話文的效法對象。**

小思　啊，其實小學已經有了。小學三年級開始，國文老師在黑板上寫巴金描寫雲的段落、冰心描寫繁星的段落，要我們抄下來背默。所以說，白話文其實在小學已經打下基礎。至於寫作白話文效法誰，大概是朱自清、冰心吧。

但必須補充一點，到初中二年級，由於中文老師知道我全讀了現代文學，就叫我下一暑假要讀「三言二拍」及《聊齋志異》，終於我就乖乖讀了。到初中三暑假，蘇曾懿老師卻早早指定我讀《古文觀止》，還要我寫一篇讀書報告。真不明白，那是我自己的讀書計劃，又不是暑期作業——那時候沒有暑期作業這回事，為甚麼還要我寫讀書報告？讀得我好辛苦，許多文章根本讀不懂，最後苟且了事，做了篇讀柳宗元〈種樹郭橐駝傳〉報告交差。

黃　**但是您並沒有跟隨任何一位長輩寫作？**

小思

我不認為自己能創作，在《周報》寫作只因陸離邀約，並不熱衷投稿。我在新亞書院，畢業考試的九張考卷都是古典文學、詩詞、文字學、聲韻學、歷史等，沒有現代文學及創作。當年徐訏先生任教過新亞書院，李輝英先生任教聯合書院，我都沒有上過他們的課，直至我畢業離開新亞，司馬長風、李輝英與徐訏諸老師開辦校外課程，我反而去聽課。那時他們不把我當成學生，也知道我並不是那種要跟隨他們創作步伐的人，只是感覺我是能談得來的年輕人，才經常找我聊天。

我相信現在很少長輩作家會直接致電給後輩找他們聊天，但當年徐訏先生便經常透過電話約我飲咖啡。我初進中大教學那一年，有一天宋淇先生突然到我辦公室來，說純粹坐坐，我也真笨，竟然沒有與他聊甚麼話題，結果他坐了十多分鐘就離開。由此可見，長輩對於我們來說，並不是高高在上、被神化的，而是見面時令我相當舒服的長者。司馬長風先生便提點過，指我的作品寫得太過一板一眼，不自然，不好讀。因為我正在教中學，常想告訴學生：起、承、轉、合的既定格式，刻意要求恰當用詞用字。到自己寫稿，當然更執意非一板一眼不可了。

徐訏先生與小思合照。

樊　**現在很難有這樣的長輩，大家都忙。**

小思　我以往也會約一些年輕人共享下午茶，但後來發現他們愈來愈忙，甚至需要把大學裏的課都安排在同一天，以節省時間出外工作，於是漸漸便沒有再約了。以往大家都悠閑，但現在連任教的老師都忙得不可開交，我更不好意思邀約學生了。

黃　**剛剛談及一些世代輩分，您提到長輩給您許多影響，那麼您自己如何對待文壇上的後輩？例如您與素葉羣體之間的關係？**

小思　我並不太喜歡以後輩來稱呼文壇上的年輕人，也不太參加某些特定團體。任何年輕人找我聊天，又或是我的學生喜歡寫作的話，我都會跟他們談，這並不是提攜的意思，而是知道有人喜歡談，自己又有能力，很隨緣的。我很害怕主動找一羣年輕人來聽自己說話，免做成自己儼如「教主」的印象。我與素葉羣體之間的關係，既是朋友，也是讀者。

黃　**古蒼梧先生說您常提點他，這是別人都不敢主動做的事。**

小思 如果我認為一個人有好的質素，只要有機會接觸他，都會提出我作為普通讀者的意見。當然，有時候也會碰壁，別人明明不喜歡被指點，我卻一本正經地說東說西。我會避免斬釘截鐵，不令人難受，即不用批判的方法。特別對學生，我提意見，他聽不入耳那是他的事，往後碰壁，可千萬不能抵賴說沒人提點過。

黃 **您與西西又是怎樣認識的呢？**

小思 那是大家互相透過朋友認識。她和我一樣，都不會特別參與甚麼社團。

黃 **您讓我們回想起過往文壇的組成，其實「文友」這回事，現在還有沒有呢？**

小思 同聲相應，同氣相求，歷來文人結社，多的是。文友擁有共同理念的，聚在一起，現在也有呀。不過，我認為不一定要有一個實體組織，讀書、寫作本來就個人私密。但偶然與文友相聚，甚至理念不同卻同樣喜歡閱讀與創作的人聚首，談文論道，交流意見，我認為也是有益的。

黃 **當年文友之間有沒有甚麼深刻的事件？大家的交流是怎樣的？**

小思　我不知道別人怎樣交流，但我肯定在讀過一個人的文章後，印象深刻了，我自然會注意，一直追看他的其他作品。不一定要結識其人，有緣認識，也記在心中。

七位女子，七種風格：《七好文集》

楊　一九七四年起，你開始在《星島日報》撰寫《七好文集》，這專欄的概念是怎樣來的？

小思　當時《星島日報》的副刊編輯何錦玲女士[18]說專欄多由男士來寫，但當時也有許多女性作者，她希望找些年輕女性來寫專欄。結果柴娃娃[19]就幫她組成「七女子」，即「七

18 何錦玲，曾任《星島日報》副刊編輯。著有散文集《錦心絮語》、《人生一瞥》。

19 柴娃娃，原名潘正英，另有筆名「伊芙蓮」。生於漳州，一九四九年移居香港。畢業於香港中文大學新亞書院，先後為《東方日報》、《星島日報》專欄作家，著有《娃娃集》、《第一眼》等散文集多種。

七好文集

杜良媞　圓圓　小思　陸離　尹懷文　亦舒　柴娃娃

13/4/74

唉！花生！

‧小思‧

在日本，每次經過五光十色的「花生玩意」專賣店，或者百貨公司內「花生」小攤檔，就往往不禁泛起陣陣「只悔當年太任情」的懊悔。

說是十多年前的事了。那時節，「花生」還沒有那麼流行，幾本集子在一堆人手中謹慎地傳來傳去，於是，查理布朗、史諾皮、拉那斯等等，要數起來，就跟提及老朋友沒有兩樣。而記熟每一個無言畫面，每一句他們的慨歎，更是一宗說不出的大快樂。雖然，窮得身邊沒多個錢，但還是充滿希望的，因為只要拚命節省，個多月終歸可以買到一本，轉眼間，自己便擁有十來本的整套集子，也就滿足了。此外，人要做的工夫，不過是努力宣傳，只盼望多些人知道它，愛它。不知道過了多少日子，漸漸才聽得外邊人家已經流行到不得了，單是集子實在不夠應付人們的熱烈，商人就心繫玲瓏的弄出「無處不花生」的把戲來。從此，零零碎碎看到別人由外地帶回來的「花生」玩意，雖然有點兒心癢癢，但畢竟「恨」不來，也就罷了。

怎料，一旦到那什麼事都熱鬧得不開交，而國民閒錢又多的日本去，終於免不掉熬些苦痛。小店裏堆滿美國在日本設廠的專利製成品，加上香港製台灣製的各式玩意，就是每次經過，都得忍受沒錢買的試鍊，還得自討苦吃的每月去一兩次——否則，會錯過看到新出品的機會。到頭來，儘管一年裏因為省錢吃不到五百公克的牛肉，但還是買了手帕、活頁夾、紙袋、膠袋、布袋、拍紙簿、信封、信紙、筆筒、筆盒一大堆。港幣四塊錢一本的月刊，又要買來作個紀念。不過，擁有這些東西，並不見得比當年只有幾本集子來得快樂，原因——只是沒足夠錢去買那無窮盡的玩意，而是[illegible]細想，其實，自己並不是很愛那些東西，也不會用它們——有些該是捨不得用；有些專為小孩子做的，一大把年紀又不好意思用——如此說來，究竟為什麼要買呢？大概，[illegible]有「花生」印在上面吧！當看[illegible]人擠進小店裏，爭買「好得意的仔」時，我就覺得自己跟心愛的「花生」距離得好遠！

小思首篇在《七好文集》發表的專欄，介紹花生漫畫。

好」了。當時她只想找一兩位女作家，可是出名的都忙得很，而我又未在報紙上寫過這類專欄，更加不敢答應每天寫，後來幾人組在一起，每人寫一日最理想了。專欄名稱也是柴娃娃想出來的，「七女子」，把「女」和「子」字合併，便變成《七好》了。這專欄存在很久，中途轉換了不少人，而我是由開始寫到結束的。可以說，這是香港首個由七位女作者輪流每週一人一篇的專欄。

欄名改得好。不過我們七人並非常見面，偶爾何錦玲會約我們吃飯，但難得人齊。理由很簡單，我們各有個性、各有工作。例如亦舒不大跟我們聚，因為她並不喜歡與人「羣」在一起，我覺得這樣也好。真正熟悉的人，早已認識，例如我在新亞時便認識柴娃娃。（**楊：她的真名叫甚麼？小思：潘正英**。）陸離也熟絡，圓圓是莫可非老師的女兒，早就認識了。其他人見面時也談得來。

後排左：小思、潘止英、柴娃娃（潘正英）；前排左起：陸離、亦舒、何錦玲。（攝於一九八九年三月十五日）

楊

假如蓋着《七好》作者的名字，別人能透過文字，猜到她們是「好」（女子）嗎？

小思 大概該知道的。早期很少女性寫專欄，除了十三妹、潘柳黛、韋妮等外，沒有人談論女性生活話題的，結果有男作家扮女性，例如「艾露比」就是三蘇[20]，專寫女性生活、思想。但是，這樣下去，始終有些地方不夠真實，還是要找女作家來寫。

楊 **那編輯有規定你們「七好」寫特定女性主題嗎？**

小思 這專欄並無主旨，編輯也沒要求我們寫甚麼。不過寫作的人，往往會因利成便、就近取材，女性作者自然便有許多女性話題。《中國學生周報》的讀者羣是學生，但在《星島日報》寫《七好》，我馬上就要反省自己應該如何寫，應否繼續將自己定位為老師？雖然後來讀者還是認定我是老師，但我很清楚看《星島日報》的不一定是學生，所以下筆前我會多考慮一點，能不能多寫生活、多寫自己關心的事物。這是我後來寫報紙專欄的首要考量。當然，我知道學生也會看報，若有事情希望他們瞭解，也會寫的。

20 三蘇（1918–1981），原名高雄，本名高德雄（或高德熊），香港五、六十年代著名專欄作家，有「三蘇」、「經紀拉」、「石狗公」、「小生姓高」等多個筆名。他先後為《新生晚報》、《大公報》、《成報》、《明報》、《星島晚報》等多份報章執筆，多寫「怪論」（即與一般社論有別，多就時事或個別問題而寫的反案文章）和連載小說。「三蘇」是他在報章上寫怪論時的筆名。

後左起：陸離、尹懷文、小思；前左一：何錦玲、張浚華、柴娃娃。

左起：何錦玲、徐訏、三蘇、小思、陸離。

直至在《明報》寫專欄，我便知道再不能板起一副老師的臉孔了，因為時代、社會風氣都改變，我自己也需要擴闊視野。所以你們會發現我在《明報》的文章取材更多、更廣泛。或許別人會說：「這樣很容易寫吧？」其實不易寫的，一星期內發生許多事，每件都可以寫，但我要從中選出最想讀者知道、讀者能通過事件多作思考的來寫。我希望告訴別人，我在思考甚麼，但更重要的是，通過我的筆下，別人會怎樣聯想。至於讀者能否做到，那是另一回事，我寫作的考量的確如此。

楊　**那麼事事關心應該是你寫一系列散文的切入點吧？**

小思　是的。我曾經教過「中國現代散文」，三十年代有過爭論，有人認為寫個人的事都是「肚臍眼的散文」，與別人無關。當時中國政府腐敗，天災人禍、烽火連天，不應只寫私人的事，遂引起「該寫甚麼」的論爭。但同代中的另一羣人，例如林語堂，認為不能事事總是嚴肅認真，應該寫點幽默內容，帶出認真的道理，讓讀者自己反省。另外，豐子愷也是個好例子，他筆下充滿自然、童真、愛心，有不少人喜歡他的作品，但在抗戰時期，曹聚仁就罵他，日本人都打到來了，人人在談「一寸山河一寸血」的時候，他卻在談「護生」。

該談些甚麼社會話題，該怎樣表達自己意見，這都是我切切考慮的問題。生活在一個複雜而多困惑的社會中，我和許多人一樣，所思所感定多。一星期只有兩篇文章，字數又少，理論寫不深，敍事寫不厚，但我珍惜這一週兩次的發言機會，你以為我不會寫吃喝嗎？我一樣會寫。但我想別人看見我在談吃喝中，知道我是希望透過吃喝這件事，切中反省一些道理。我要再重申一次，我沒有幽默感，而且沒有放鬆的時刻。我想，這也是我的悲劇。

楊

還未至於悲劇吧，但你的確連談吃喝也相當認真。好像寫味精的〈千味雷同〉或感歎時人味覺雜亂的〈盆菜之惑〉，都帶出道理。我覺得這未嘗不是一種對味精一般無個性或粗糙的時代的回應，引發讀者對生活態度的反省。

小思　謝謝好言安慰。

楊　我還想談談另一種時代回應，即在歷史重大時刻中的小思散文。我看《七好》專欄，竟從一九七四寫至一九九九年！當中跨越了多少香港變遷或個人變遷。一九八二年中英開始就香港前途會談，你明顯寫了許多關於中國現代作家的散文，〈許墓重修〉、〈斯人寂寞〉，或著名的〈染血的水袖〉，皆充滿歷史悲情。你好像要透過文學、透過現代中國去理解香港？

小思　從小母親就引領我認識中國。未進小學，她已為我講盤古氏、燧人氏、有巢氏……一直講到武昌起義。唐詩三百首與中國歷史同時進入我的記憶首幾頁。懂事以後，仍一貫「家事，國事，天下事，事事關心」。多讀了書，多了解事源人情物理，方知香港身世，國運變化。讀現代文學，方知中國有良知的知識分子尋路艱難。可是小人物如我，除卻悲情，還有何事可為呢？

楊　我甚至覺得，每到香港的重要時刻，你就會回到現代中國文學的世界，或尋求支撐，或慨歎歷史的循環。一九八九年你先寫下〈永恒的，五四精神〉，再有〈筆寫的，有相干？〉、〈懦弱印記〉等一系列文章。**你雖說過與魯迅的文風不接近，但我卻覺得這幾篇的沉痛感，與《彷徨》、《野草》精神相接。你希望讀者如何理解你的這些文章？**

小思　我相信當年事，任誰曾經歷的、間接目睹的，只要不昧良知，都會沉痛傷懷。歷來，一涉及政治，就難定是非與真假對錯。局中人各有理據，局外人如何評得清？但真理總應存在，從歷史學習教訓，一比對，自有分解。只可惜不懂歷史、懂歷史而善忘的人太多。連魯迅的鏗鏘鏘之聲，人們都忘記了，我那小眉小眼文字，有甚麼可讓讀者理解的呢？

小思歷年專欄

《一月行》(1963–1964)
小思首個專欄，在《中國學生周報》連載，記述人生首次踏足台灣的所思所感，共十一篇。

1960

《書林擷葉》(1965–1966)
以「盧颿」為筆名撰寫，在《中國學生周報》連載，談書話、書評，共十五篇。

1970

《路上談》(1969–1970)

在《中國學生周報》連載，與年輕人談修身，講抱負，論興趣與品味。

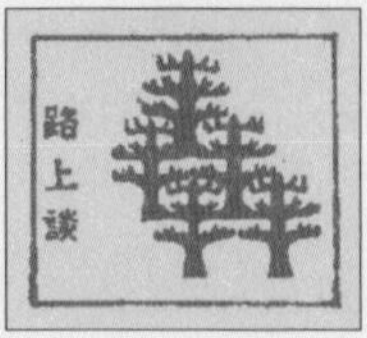

《豐子愷漫畫選》(1970–1973)

以「明川」為筆名撰寫，在《中國學生周報》連載，以一圖一文的方式解說子愷漫畫。

《日影行》(1971–1972)

在《中國學生周報》連載，記述旅日體驗。

1980

《七好文集》(1974–2000)

在《星島日報》連載，由七名女作家輪流撰文，以女性角度談女性話題、談生活。

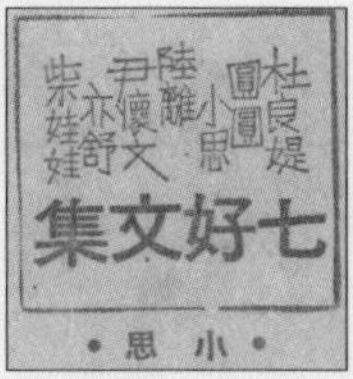

2000

《一瞥心思》(2005–2014)

在《明報》連載，談生活觀察，時事、文藝評論等。

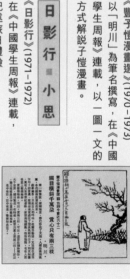

星島日報「七好文集」專欄歷年版頭

1977

9/1976–6/1977

1976

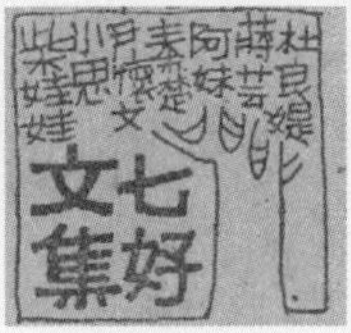

1/1976–9/1976

8/1975–12/1975

1975

4/1974–7/1975

1984

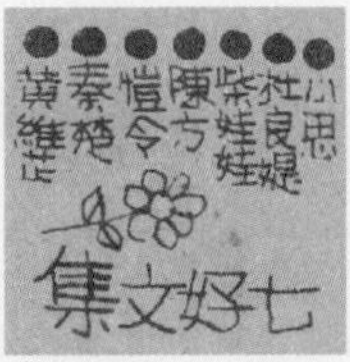

1/1984–10/1984

1983

1/1983–12/1983

1982

6/1981–12/1982

1981

1/1981–5/1981

1994

6/1993–2/1994

4/1993–5/1993

1993

7/1992–3/1993

1992

7/1991–6/1992

2/1991–6/1991

1991

9/1988–1/1991

8/1980–/12/1980

1980

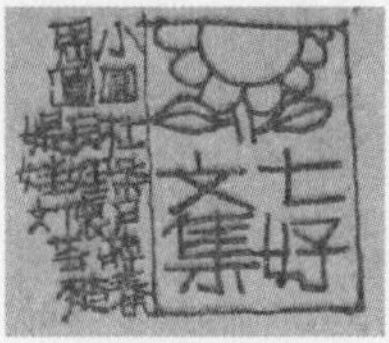

1/1980–7/1980

1979

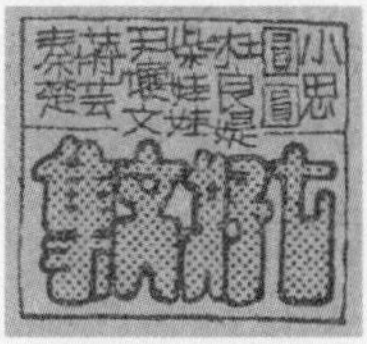

8/1978–12/1979

1978

7/1977–7/1978

4/1988–9/1988

1988

10/1986–1/1988

1986

1/1986–9/1986

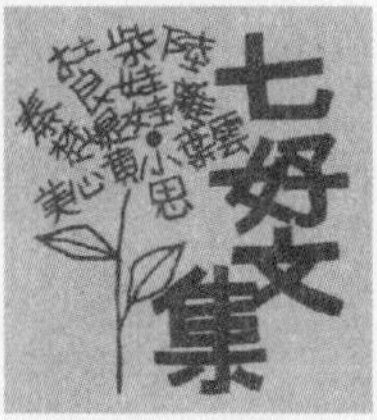

6/1985–12/1985

1985

10/1984–5/1985

1997

11/1996–10/1997

1995

3/1994–10/1995

1996

11/1995–11/1996

2000

11/1999–1/2000

1998

10/1997–10/1999

附錄一

夢幻的樂園　夏飈

楔子

在現實的環境裏，卻替自己創造了一個夢幻的樂園，在那裏，我可無拘束地抒發一下，可找尋失去或得不到的東西，更可尋到天真的氣息。「人是離不開現實的。」我承認這句話，但在更深人靜的時候，我的思想，倒可以擺脫了這殘酷的現實，自由地去找些趣味。因此，每夜裏，我曾經流連在自己的樂園中，創出了不少自以為不平凡的平凡故事，和許多荒誕無稽的笑話，但，不論怎樣，我是那樂園的主宰，我從那裏得到了安慰，脣上更會掛着微笑。也許，你曾笑我是個儍子，在欺騙自己，不過，你要知道，只有深夜裏的我，才屬於我自己的，而且現實的洪流永不能沖走我這夢幻的樂園，如果有人稱我做「儍瓜」，我也願意接受。

星星的話

迷糊間，我飄然地離開了，那不見天日的混濁境界，坐着輕雲，浮游在清曦無邊的原野上空，這一個似曾相識的地方，使我心中有些迷惘。地上那些奇異的嬌嫩花兒，吹送陣陣幽香；青青的仙草，為我鋪陳了絲絨般的睡榻；我熟悉地卧下去，放縱地在上面打滾，打滾；更盡情地大笑，大笑……驀地，我靜止下來，仰視着在我頭上的一片深藍色，更嵌有一顆顆閃耀的星星，我的感情受了激動，低聲的喚道：「星兒呀，我終於找到妳了，可幸妳依然無恙。不要以為我忘記妳，只為那混濁的境界阻隔着我，使我無從擺脱；恐怕久別的我，也染上了幾分濁氣，更怕使妳的銀光沾着它。」突然，所有的星，集成一團銀霧，漸漸清晰、清晰，移近眼前，像一張温和笑臉，又像一張莊重而天真的面孔，温柔地向我點點頭，「朋友呀！謝謝你的愛護，更高興見到你，不過，你真的改變了不少。別以為是甚麼污濁環境困擾你，而使你改變，而是你自己的思想改變，只要有堅強的意志，甚麼濁氣也不能沾染你、俘虜你。現在的你，已給自卑、懦弱及矛盾所籠罩着。朋友，醒來吧，不要再怨恨環境，小心尋回你自己。我願伴着你去找，但願我那絲銀光，使你看得清楚些。」我從燦爛的銀光中，清醒過來，決意找尋真正的自己。

和平的小麻雀

在一個狂風暴雨的黃昏，雨吞噬了大地，風玩弄着所有生物，死物。有一隻離羣的小麻雀，在矮林中亂闖，希望逃過這一場無情的風雨。突然，在迷濛的雨幕裏，浮現了一個恐怖的魔影，正窺視這無知的小鳥，「拍」！他雙手一動，那小鳥便像觸電似的墮下來。魔影得意的移近，對小鳥瞟了一眼，便帶着瘋狂殘忍的笑聲，漸漸在雨幕上消失。我——這個忍受着雨狂風暴而踱步的儍瓜，發現了那隻呻吟的小麻雀，便拾起來，呀！我的手沾着一絲温氣。「還沒有死去！」我告訴我自己。我小心地替牠抹去羽毛上的水點。當我看見牠從羽毛間沁出一斑斑的血絲，我不禁低下頭來。一會兒，牠蘇醒了，用低微的聲音對我說：「朋友，請帶我回家吧！如果你願意，可暫變成一隻小麻雀，一同回到我們的王國裏……」好奇心驅使我點頭，立刻，我的身體縮小，縮小……直至變成了一隻小鳥。我自然拍起翅膀，和那曾受創的小麻雀，慢慢地穿過那迷濛的雨幕，仔細找尋自己應走的路。不久，我們到了，我只看見千千萬萬的麻雀，奇怪地盯着我，有些更交頭接耳在討論我。我走近一隻老麻雀面前，牠有禮地點點頭，説道，「朋友，謝謝你，把我們的王子救回來，全國的人民，都感到慶幸，也對你敬重，朋友，你願意參觀一下我們的領域嗎？」我同意了，但突有所感的對牠說：「你們有這麼力量，為甚麼不去復仇，我願意領你們去，找尋那殘酷的魔影。」老麻雀安詳地笑了一笑：「朋友，對你的心意，極之感激，不過，我們是從不戰爭的。人類曾傷殘我們不少人民，但，我們都在忍受，我們只顧逃避牠們的摧殘，事事都自己小心便算了。而且，一場戰爭的死傷恐怕比多年來給他們殘殺的數目多！唉，我們怎能鬥得過他們。我們的復仇心理，已在很久以前死掉了，請不要再提！」

我聽完了，慚愧籠罩着我整個心扉，我黯然離開牠們。對不起，麻雀們，我褻瀆了你們，更為被人們殘殺的犧牲者默禱。我仍躑躅在迷濛的雨幕裏。我仍然慚愧不安——因為我是人類。

刊於《青年樂園》第三十六期，一九五七年六月二十二日

附錄二

飛雲憔悴夕陽閑

小思

獨個兒像遊魂般回到圓亭子旁，那片可憐草坪，就像以往冬天時的模樣——一到冬天，牠就很老！你們知道麼？我沒勇氣像以往般；懶得要命挨着圓亭支柱坐下來：因為我怕水泥做的欖冷。草坪雖然老，依舊准許我坐。其實，牠從沒反對我們坐的，不是嗎？我們生氣吵架，吵得氣憤就狠狠拔牠一把。我們誦詩誦得高興了，不知不覺又拔牠一把。但牠從不因此而生氣。牠知道我們是愛牠的。春雨後，牠青得更青更青，我們就連踏一下也捨不得。如今，牠老了，還帶了一面回憶顏色——奇怪！怎的我從沒為牠作過詩？你們呢？作詩？嘿！別提這笑死人的玩意了！那些蹩腳的詩，使我們都做過一個時期吟風弄月的詩人，使我們意氣得像飛雲。你們知道麼？那兩棵影樹抖落了葉子，看來比從前更強橫了。一到冬天，牠總是滿面不體恤人家的神態，我覺得牠有些兒變本加厲！在牠底下一抬頭，就可以看到雲——我們歡喜的雲。我們曾以為雲最有靈性，極度的自由，可以掃過天空，可以飛快的從天的這邊抹到天的那邊，沒有一根繩子綰得住！不必老在地面上拖。其實，大概以往我們都錯了。今天，我一抬首，卻只見雲被撕裂、破碎、然後被亂擲在藍得怕人的長空裏。原來，冬天的雲會這樣的。你們發現麼？還有還有，它實在淒涼。當水點在她身上凝聚得太多，就挪不動，終於還是愁默默地投到厭煩的地上，幻化成一江春水（那算詩意點），或混了塵泥變成當人一提腿就濺得抹不清的泥漿。一下，變得令人聳悚的不自由。從雲變作地上的水，其間必定夠多難受！一開始時，就該在雲和水當中，任選一樣，然後死心塌地去安分，不變來變去，那多好？為甚麼我們從前沒如此想過？大概想過的，但誰也不忍提起！噢！原來我拔得滿掌是老草坪的草。這壞習慣怎麼還扔不去。咳！該回家了。太陽早攏了眼睛。記得麼？這個時候的太陽，總是閑閑的，愛理不愛的卧向「荒山」。黃得蠟着的光，迫出顯明的山痕，（只有這時候，獅子山使人看得很舒服、很有勁，是不？）真不明白，為甚麼誰都說太陽代表新生力，雄偉，不需依傍。只是看看牠現在這個多無可奈何，多寒傖，又倦又惱的模樣，就該失笑。多可憐的不需依傍者！毫無目的，就是天天由東爬到西，上來，下去。閑閑的，不知到何時方休！對於它，也該有些變化，如果太陽像雲般可以變成水，落到地下來，那多刺激？唔！它委實變不來。依然每個黃昏，無可奈何地挪動累贅身軀，投向荒山！

走了！回來就像以往一般看雲、夕陽、和老草坪。你們此刻正幹着甚麼？

刊於《中國學生周報》第七六三期，一九六七年三月三日

熱血青春

「歷史告訴我們，參與羣眾運動，燃點火種固然重要，但應該如何繼後香燈，這長久的路很難走，但必須做。年輕人可能不喜歡做久久不見成效的事，所以我完全明白現在香港年輕人的心情。……因為我們年輕過，所以要原諒年輕人做的事，而年輕人未有經歷老年，他們不懂我們為何後退。儘管他們不原諒我們，我們也要原諒他們。」

楊：楊鍾基教授　黃：黃念欣教授　李：李薇婷女士

楊　小思你常笑言自己沒有年輕過，小小年紀已能寫出感覺蒼涼的散文，可說是年少老成！（可參看上一章附錄一〈夢幻的樂園〉）你很早已經是眾人眼中的温厚師長、學者，但我卻覺得你另有熱血青春、不平則鳴的一面。記得在作家紀錄片《四人行》[1]中看過你的一些青春印記；而對於香港社會的許多現象或亂象，也會在你的散文中找到毫不含糊的感受和評論。關於你的青春歲月、熱血經驗，你有甚麼要先說一下的嗎？

小思　「青春」，幾乎應是「熱血」的代名詞。誰的青春沒有熱血過？只差是吶喊的熱血還是温柔的熱血罷了！我的青春，正處於朦朧、好像甚麼大事都沒發生過的世代——你說「社會的許多現象或亂象」，在當時殖民地政府「有效」的隱藏嚴控政策、教育策略、傳播媒體不發達等條件下，青年人大概都不知情。故我的青春歲月，其實並無吶喊。到中年過後，多讀了書，人生歷練稍增，懂得反省，才添了些不含糊的感受，看清楚走過的道路。

1　《四人行》為香港電台於二〇一四年播映的紀錄片，歸入「華人作家」系列中，分上、下兩集，記錄小思、石琪、古蒼梧、陸離四人如何因着《中國學生周報》認識，在寫作路上從同行成長到走出自己天地的歷程。

回顧與前瞻：中文合法化運動與雨傘運動

楊 我覺得最近對你而言發生了兩件大事，一是病了一場，另一件就是香港的雨傘運動。在這個時刻，你發表了一篇重要文章〈浴火鳳凰〉[2]，以示不再撰寫專欄。這篇告別文章刊出後曾帶起廣泛的迴響，也有許多不同的解讀。可以談談你寫作此篇時考慮過甚麼？今天再行回望，又可有甚麼不同於寫作當日的想法呢？

小思 我也希望藉機談談。許多與我熟絡的學生可能不知道，我很怕事，在他們心中我是溫柔的人。不明白平日教我「閑事莫理，眾地莫企」的母親，在我未進小學前會告訴我甘地「不抵抗主義」的故事。我對此印象深刻，一名中國傳統女性，為何會對孩子說社會運動的人和事？記得甘地一九四八年被殺，[3]當天香港電台播放這則新聞時，我便哭了。現在想起來，也覺奇怪。

2 小思：〈浴火鳳凰〉，載於《明報・一瞥心思》，二〇一四年十月十一日。

3 莫罕達斯・卡拉姆昌德・甘地（Mohandas Karamchand Gandhi）於一九四八年一月三十日結束絕食前往祈禱會途中，遭一名印度教狂熱分子槍殺。

楊　以「不抵抗政策」為社會運動之啟蒙，的確耐人尋味。後來有沒有一些具體事件？

小思　我從未公開詳細提起過，自己是「中文合法化運動」一個工作委員。我得先説這故事，再評論〈浴火鳳凰〉一文。一九六八至一九七〇年之間，孫淡寧大姐，即農婦[4]，在報紙上談中文合法化問題，她的學生黃震遐[5]在香港大學發動支持。後來他在伊利沙伯醫院當醫生，並組織中文合法化運動工作委員會，推動簽名運動。當時我在中學教中文，對社會運動完全沒有認識，但覺得中文合法化是重要的一步，於是參加了。我們到黃震遐的宿舍開會，漸漸組織起一羣人，開始了運動。

---

4 孫淡寧（1922–2016），散文家。生於上海，祖籍湖南長沙。筆名農婦、張昭明、紫籛等。畢業於復旦大學新聞系。於抗日戰爭末期從軍，一九五〇年南下香港。一九六四年任《新民報・新聲》編輯，後創辦《新聲》雜誌，一九六七年先後任《明報月刊》、《明報》及《明報周刊》編輯，並撰寫專欄。一九七〇年參與「中文合法化運動」，多次撰寫文章聲援。一九八二年移居美國馬里蘭州。著作包括《狂濤》、《鋤頭集》、《水車集》、《犁耙集》等。

5 黃震遐（1939–），出生於新加坡，腦神經科專科醫生，現任亞太區中風學會司庫、香港腦科基金會主席。香港民主黨創黨成員，曾任香港立法局議員（1991–1997）及南區區議員。一九六三年入讀香港大學，後赴澳大利亞悉尼大學就讀，並先後於悉尼大學與香港大學任教。一九七〇年代曾於香港大學學生會會議中以學生身份用廣東話發言，質問為何學生大多為華人卻不准以中文溝通，引起爭執，掀起爭取中文成為法定語言的「中文合法化運動」。

大家的初衷本是很清晰的，過了兩、三個星期便開始社會行動了，過程是怎樣呢？記憶中好像很鬆散。只記得中文合法化運動的標誌是橙色的拳頭，我們曾為此爭論。我認為要中文合法化並不是用拳頭，但他們卻說要表現自己的決心，拳頭象徵力量，也表示鬥爭的出手，於是便認定這圖標為運動標誌（相關相片見後頁）。往後為了一些行動，又生爭論，內部開始分化，有些人認為要幹些事情，爭取見報，讓政府看見。部分人卻認為，新聞很容易便會被遺忘。

有一晚，我記得很清楚，大家約好在「大專公社」開會，但等了個多小時，還沒有多少人出席會議，原來其他人到彌敦道遊行，展示自己的實力。直到晚上十時左右，他們才回到開會地點，一臉意氣風發、快樂、興奮的情狀到現在我還記得。我問他們是否仍然要開會，怎料他們卻只顧敘述當時「舞台」——街上行動的情形。自此以後，我便細細思考，究竟中文合法化應以甚麼方式推展才好，是否上街遊行、引起大家注意便可以促成呢？其實我已經試過幾次在這類分裂的會議中突然抽身，我知道自己的個性不適合街頭運動，那天之後我便退出了。

這件事後，我知道自己應作長久之計。在中學教中文是多麼重要的事，這才是一條長到不得了的戰線。不過，他們的行動也見效果，因殖民地政府自一九六七年暴動事件後，也有了新的管治策略，學乖了如何順滑處理及撫平羣眾運動，一九七四年宣佈英文及中文為香港之法定語文。

1970

中文合法化運動（「爭取中文成為法定語文」運動）

「中文合法化運動」是香港一九七〇年代爆發的學生運動，以「爭取中文成為法定語文」為目標。香港過去以英文為法定語言，但香港居民中百分之九十八以上為中國人，爭取中文成為法定語文的提議卻一直未受殖民政府關注。事件發端為一九六八年一月由崇基學生會召開的「中文列為官方語文問題研討會」，以及黃震遐於香港大學學生會會議上的質問。一九七〇年七月十六日，十七個學生及文化組織舉行公開論壇，討論「中文成為法定語文」。及後，港大評議會於同年十月十九日成立「中文運動工作委員會」，推動簽名運動，並由學聯（香港專上學生聯會）成立特別研究小組等。運動持續近兩年，經多次爭取，立法局於一九七四年通過《法定語文條例》，並於一月十一日宣佈：「英文及中文為香港之法定語文，以供政府或任何公務員與公眾人士之間在公事上來往時之用」及兩種法定語文有同等地位。

拳頭（橙色）圖案為當年中文合法運動的標誌。

黃　**其實中文合法化這個運動，今天我們覺得是成功的。**

小思　對。其實尚有幾個因素，中文合法化之前發生過暴動，暴動後殖民政府覺得不對勁，這羣人竟然可以動亂成這樣。於是政府便開始在公眾碼頭舉行青年舞會、唱流行曲，讓青少年的精力得以發洩。殖民政府策略一貫以英文成績為招聘公務員準則。反正英文早已受到肯定，中文合法化，承認它的地位，也不會削弱英文重要性。

那次經驗使我有反省機會。年輕人都有關注社會狀況的熱情，行動最初動機必然是純潔和真誠的。這次「雨傘運動」開始，我即回顧了五四運動那一年的事情，特別是「五四」發生後，蔡元培所寫的反省文章。第二年，他又寫了一篇重要的文章，說學生出來運動，便已經做了一件應該做的事，已經盡了責任。[6] 蔡元培當年很受學生愛戴，他為了救學生，甚至連校長都可以不當，但是，像他這麼愛學生的校長，你無法想像，他曾經因為北京大學要加考試費而被學生追打。相信今天沈祖堯校長也理解那種處境。

6　蔡元培於一九二〇年五月四日發表文章，談及五四運動：「依我看來，學生對於政治運動，只是喚醒國民注意。他們運動所能收的效果，不過如此，不能再有所增加了。他們的責任，已經盡了。」見蔡元培：〈去年五月四日以來的回顧與今後的希望〉，《晨報》，《五四紀念增刊》，第一版，一九二〇年五月四日。

我們要明白，羣眾意識，很容易反覆的。有些事情，很難一下子定出誰對誰錯。這也當然基於革命路線不同所致。此外，一牽涉到政治，就變得萬分複雜，個中各方手段，並非當初發動或參與的年輕人所能想像。自從中文合法化抽身以來，我看了許多這方面的書籍，歷史告訴我們，參與羣眾運動，燃點火種固然重要，但應該如何繼後香燈，這長久的路很難走，但必須做。年輕人可能不喜歡做久久不見成效的事，所以我完全明白現在香港年輕人的心情。有些朋友會責備我高調稱讚這羣年輕人，說他們是「浴火鳳凰」云云，但我認為，這要看你從哪個角度理解，如果我說《風俗通》中「路旁兒」的故事，那隻馬最後是死掉了的呀！[7]

我實在擔心最初參加運動那批學生現在的心理狀態和他們以後會尋着怎樣的路。我永遠記住：因為我們年輕過，所以要原諒年輕人做的事，而年輕人未有經歷老年，他們不懂我們為何後退。儘管他們不原諒我們，我們也要原諒他們。我更清楚這次運動與當年中文合法化運動，情況並不能一概而論，因這已經不純粹是香港問題、文化問題了。現在資訊發達，野心家多，國際情況太複雜，五四運動時期也有外國勢力，但當時

7 此處指〈浴火鳳凰〉一文中「殺君馬者路旁兒」的典故，原文為「又曰：殺君馬者，路旁兒也。語云長吏食重祿，芻槁豐養，馬肥，希出，路旁小兒觀之，卻驚致死。案長吏馬肥，觀者快馬之走驟也，騎者驅馳不足，至於瘠死。」見【宋】李昉：《太平御覽（第四冊）》，《卷八百九十七・獸部九》，北京：中華書局，一九六〇年，頁3981。

中國積弱，外國隨便插手，都可佔便宜。然而現在中國強大了，世界大國小國，都有對付動作，國與國之間的複雜對策，我們平民百姓，可能永遠不會知道。我引用蔡元培的文章，是想借歷史來提醒別人思考。

楊　你真的不再寫專欄來表達這些想法嗎？

小思　專欄我不再寫了。我身體不好，以前一天可做四件事，現在就只能做一件事。這次可能是天意使然，如果我只是生病而沒有發生雨傘運動，我也不會如此緊張。病後我再反覆思量，自己能力、時間都不足夠做太多事，應該珍惜有限機會，做能做的事。還有些資料要整理出版，這些我很想在有生之年完成。

現在人羣思想分歧，兩極化到不可融和的階段。我最擔心是那些純真地曾留守廣場的中學生。他們太年輕，對歷史不認識，對中國政治欠經驗，缺乏深層分析力及觀察力。特別現在風頭火勢，他們無機會回頭思考自己的行為，被一些人不問情由，不分好歹判定「搞衰香港」，這是很慘痛的。

學運的啟悟：金禧事件

小思 我有一難忘經驗要說一下。「金禧事件」過後，有個金禧學生考進了中文大學中文系。當年考大學是很難的，應該很快樂才對，但她竟然不敢告訴別人自己來自金禧中學，又不願意與羣體聚集，因為她經歷過罷課，教育司署又封閉了金禧中學，她認定自己做錯事，連累了學校，十分痛苦難過。她對我說起往事就忍不住哭。這使我到現在仍念念不忘這學生，不知道她出社會後怎樣了。

楊 **你提及金禧事件，勾起我當年回憶。與我們相識的陳松齡**[8]**，曾經領導這場學生運動，結局卻使人黯然痛惜。**

李 **陳松齡是誰？**

---

8 陳松齡，一九六五年畢業於新亞書院歷史系，後於寶血會金禧中學任教。一九七七年二月一日與黃顯華、范美容在司徒華的陪同下到廉正公署舉報校內賬目不清之問題，引發「金禧事件」。

小思　他是我金文泰中學同學。當年中文中學學生，不能報考香港大學的。但他呢，在金文泰中學讀書，同時報讀一年制英文課程，考取英文科良好成績，來報考香港大學。果然港大錄取了他，他卻沒有接受，反而到新亞書院去就讀。當時新亞還未成為中文大學，他只是要證明給別人看，讀中文中學一樣可以考進港大，「不過你錄取我，我又偏不讀」。

1977–1978

金禧事件

「金禧事件」發生於一九七七年二月至一九七八年七月。寶血會金禧中學師生因不滿校方以不當方式斂財，與校方發生連串衝突。直至一九七八年五月十四日，教育司署突然宣佈關閉金禧中學，在原址改辦「德蘭中學」，校監、校長、學生不變，除了曾參與靜坐的老師外，其他老師均獲續約，因此引發一連串師生集會、請願、絕食行動。及後港督委任調查委員會，該委員會建議另設五育中學，由原金禧中學的教師任教，學生自由選擇就讀五育中學或德蘭中學。政府於一九七八年七月十五日接納委員會建議，成立五育中學，事件才告平息。

金禧師生靜坐請願。（攝於一九七八年）

楊　**那時他是開創新亞學生會的。**

小思　新亞本來沒有學生會。一九六二年「大逃亡潮」[9]，幾個大專社團合作做了些支援工作。當時我們是新亞書院的代表，負責與崇基學院、聯合書院接洽。那次我們在新亞書院，花一個上午便籌募了一筆可觀費用！要知道當時大家都窮，募捐不易。我們拿着錢去找錢穆先生，說要捐給難胞。但錢先生說不准做。得到這樣的回覆，我們都很生氣，也不知如何向捐款的同學交代。他們叫我去問錢先生應如何處置這些錢，他說替我們捐到台灣「救總」[10]。於是我們便將捐款交予校方，然後向同學滙報結果，幸而同學也同意了，沒有追究。經過這件事後，我們發現單找幾位同學與學校高層交涉是不可行的，陳松齡與胡耀輝兩個「老友記」說要籌組學生會。當時陳松齡是低我一年級的師弟，

9　一九六二年五月至六月初，大量內地民眾逃難至香港，人稱「大逃亡潮」或「偷渡潮」。逃亡潮爆發，是因為內地因「大躍進」計劃而出現大饑荒。當時一天的逃亡人數高達四、五千人，一個月的難民達十五萬人。過程中，港英政府多次將難民遣返內地，最終因輿論壓力而迫於接納難民。

10　此處「救總」指台灣「中華救助總會」(CARES)，於一九四〇年四月四日成立，一九九一年易名為「中國災胞救助總會」，二〇〇〇年改為現名「中華救助總會」，現址為台北市羅斯福路一段七號二樓。總會成立初期以救助大陸逃抵港澳或海外地區的華人為主，一九八七年轉型，以「關懷、救助、服務」為信念，主要工作包括服務在台大陸配偶、國內救助服務、兩岸婚姻參訪交流、社會福利論壇等，並且參與國際人道救援。

學校先是不允許，我畢業後，學生會才成立。

楊 **對，那時我是第一屆新亞學生會的學術出版幹事。**

黃 **陳松齡「結局卻使人黯然痛惜」是怎樣一回事？**

小思 我相信陳松齡懷着很好的理想到了金禧中學教書，並遇上一名很好的修女校長。校長讓陳松齡當主任，推行「師生治校」的概念，讓學生與老師參與管理學校。但這是一所天主教學校，天主教教會總是身不由己，學校的金錢不能由校長管理，要先歸給教會的，想不到陳松齡發現這不公正、不公開的制度後，竟然追究到底。事件便變得麻煩，陳松齡於是帶領全校學生罷課，甚至跑到天主教總會示威。[11]這件事鬧得很大，香港從未發生類似事件，於是政府便出手干涉，

一九六二年，廣東出現嚴重饑荒，大量居民逃往香港。圖為香港警察遣返偷渡者。

11 此指一九七八年五月九月至五月十三日期間，金禧中學師生就金禧中學四名學生被停課，到堅道明愛中心主教區教堂靜坐，要求主教胡振中革除金禧中學校長職務和讓四名學生復課一事。見〈教署稱注視金禧事件　必要時將會採取行動〉，《大公報》，第五版，一九七八年五月十一日。

關閉了金禧中學，將學生轉移到新設的五育中學。而陳松齡作為領頭人，就是政府視為搞事之人，他怎可能有機會做其他工作？自此他便在我們的圈子銷聲匿跡。後來，聽說他在培僑中學任教。他沒有再見我們任何人了。在香港這麼複雜的環境下，陳松齡年輕，堅守信念，以為香港是很好的空間，讓他實踐一套有別於殖民地奴化教育的教育方式。一個這樣有學問、有骨氣的人，落得如斯田地。你說結局不是使人黯然痛惜嗎？

楊 **當年許多學生很崇拜他、支持他。於是，在他失勢後，那班學生非常失落。「師生治校」制度，我認為是有少許左傾的，漸漸演變成一種學生鬥學生的方式，與內地的風氣非常有關係。總之，他以一種很嚴格，甚至過分的嚴厲來管治。而最後證明這套方式是失敗的，當時的同事也有敢怒不敢言，甚至反對他的，這又是另一個問題。胡耀輝是我大學時代最熟稔的朋友，他到了五育中學任校長後，運用另一種教育方式。他引用孔子所言的「寬柔以教，不報無道」。[12] 那又是另一種慘淡，我也不欲多談了。總之這兩位好朋友就這樣淡出了學運。有人說陳松齡離開教育界後有很長時間當工人，我想或是自我放逐的心態使然。**

12 「寬柔以教，不報無道」典出《中庸》中孔子的話，意思是應以寬容、柔和的精神教育人，即使別人對自己蠻橫無禮，也不加以報復。

小思 對。當年《華僑日報》教育版，天天都刊登胡耀輝談論「柔道教育」的文章。

「浴火鳳凰」的喻意

楊 **有時我們又會説，當事件紛紜萬象，莫衷一是的時候，就只能「以我之心行我之志」，這也許是沒有錯的。**

小思 現在許多人説「死啦！香港給搞亂了！」，那當年「省港大罷工」[13]，共產黨要把香港搞成「臭港」，現在歷史又是怎樣評價的？歷史説明每一個運動都必然會引起一些人的不便與不滿，但當前着眼的與日後的影響及結果，往往截然不同。

13 「省港大罷工」是一九二五年六月至一九二六年十月在香港和廣州發生的大規模、長時間大罷工運動。一九二五年五月三十日，上海的學生、工人聲援中國工人被日本棉紗廠日籍職員槍殺而發起示威遊行，遊行期間，有英籍巡捕開槍射殺示威者，史稱「五卅慘案」。中國共產黨廣州區委員會決定發動大罷工以示抗議，並成立臨時委員會，不斷在香港發表宣言，如《中國共產黨為「五卅慘案」告香港同胞書》等，不少香港工人參與是次大罷工，離港上廣州聲援，使本地工業一度癱瘓，經濟蕭條。事件至一九二六年十月十一日，國民政府和省港罷工委員會商議海關機構附加税，罷工委員會解散，省港大罷工才告一段落。見何錦州：〈省港大罷工始末〉，《香港大罷工研究——紀念省港大罷工六十五周年論文集》，廣東：中山大學出版社，一九九一年，頁 330–340。

李　剛才小思老師提及「金禧事件」，上次訪問後我查找相關資料，發現一本名為《香港學生運動回顧》[14]的書，學生組織其實會撰文作自我評價，參與運動時，若能看清社論方向，其實應該有足夠的能力反思自身處境。

小思　你要小心使用一切資料，只看「一本書」就得結論，不可靠，很危險。你說「學生組織其實會撰文作自我評價。若能看清社論的方向，其實應該有足夠的能力反思及自身處境」，問題就在「撰文作自我評價」。我們不能期待人能完全中肯自我評價。應參考多方面資料文獻、不同立場的紀錄，方可下判斷。

李　我身邊的朋友不斷轉發小思老師的文章〈浴火鳳凰〉（全文見本章附錄一，第74頁），覺得您非常支持學生運動，然而我卻着眼於最後您提到《風俗通》中的「路旁兒」故事，覺得那才是最重要的信息。這也是小思老師散文的特色，在閱讀的過程中，以為您純粹是正面地討論此事，但筆鋒一轉便有另一層意思。這一記回馬槍，其實非常準確地刺中我們。

14　香港專上學生聯會：《香港學生運動回顧》，香港：廣角鏡出版社，一九八三年。

小思 我同輩中許多朋友生我的氣，覺得我撰文是替學生說話。我寫那篇文章時是經過掙扎的。最初階段，我認為學生值得稱讚。他們對社會有責任感，真心想香港好的。但時間一長，就會出問題，事情發展下去，再難按理想行事。我想用蔡元培的文章勸告學生，不能因旁人的態度而決定做事。我不理會《風俗通》的典故，只想借用五四學生運動時，身當教育工作者的蔡元培的擔憂說明我的擔憂而已。

楊 但這與「浴火鳳凰」的故事又有甚麼關係？

小思 其實我想暗示「危險」，火是危險的，經不起鍛煉的便隨時會被燒死。

楊 所以我才說，你用「火浴的鳳凰」是一定燒死然後才重生。

黃 但的確可以有兩種理解，既是極高的評價，也可以是極之危險。大家感到您給予學生們「浴火鳳凰」這麼高的評價，但下一句卻說自己自此便不寫專欄，要與大家告別，其實這是否一個轉身呢？當然，我知道您一定有思考過要暫停專欄，但在這時候停寫，令大家又多了一重解讀，您是否覺得要退出這件事？

小思 我說自己有思考過是否應用此題目撰文，當然我真切盼望鳳凰重生。只有五、六百字的專欄，很難說得深。我只想趕快表白我對他們行動的支持，及我的憂慮。

黃 **雖然這是一種巧合，但若大家把它解讀為一種退場的姿態呢？**

小思 那也沒有辦法，我的確要退場。因為我年紀大了，那場感冒惡菌入鼻入舌，令我完全失去嗅覺味覺，相當長時間全身乏力，躺臥不起，實在令我覺得無能為力。再加上把世事看得透徹些後，就知道五、六百字的文章，寫不出甚麼大道理來。

楊 **所以說每個人看同一篇文章都有不同反應，「殺君馬者道旁兒」，其實也可說是小思用來形容自己的。那故事就是說一邊隨口稱讚「你真厲害」，那你便做到死為止吧。像我現在說「小思做訪談真精彩」，那你便更努力做訪談，也是同一道理。（眾笑）所以我就想起另一句：「識君馬者真伯樂」。**

小思　呵！我只是隻疲倦了便不跑的馬。不過無論如何，我早猜到你們會特別問及這些話題，例如中文合法化的運動。我也可趁機會說明它給予我一次重要的教育，原來所有的羣眾聚集必然會有這樣分化的情況。結果一定有成功的人、有失敗的人，以及抽身而出的人。而我便是抽身而出的人。

2014

雨傘運動

雨傘運動（Umbrella Movement），是指於二〇一四年九月廿六日至十二月十五日在香港發生的公民抗命運動，由於期間曾有大批示威者以雨傘抵擋警方施放的胡椒噴霧，媒體因而以黃色雨傘為運動的象徵。此運動為香港專上學生聯會（學聯）及學民思潮就「爭取香港真普選」所發起的「九二二香港學界大罷課」之延伸。二〇一四年九月廿六日晚上，約一百名學生發動「重奪公民廣場」行動，至九月廿七日凌晨，警方清場，引發八萬名市民前往公民廣場集會，聲援學生。九月廿八日傍晚，警方施放胡椒噴霧及催淚彈驅散示威者，引發更多市民前往支援，並佔據金鐘、中環、灣仔、銅鑼灣、旺角及尖沙嘴各區的主要幹道，進行靜坐、集會、時事研討，佔領時間接近三個月。

筆寫的，有相干？

楊　一口氣聽你那麼多對香港學運的回顧，非常難得。我想回到文學，你如何看文章與世界的關係？一方面，你雖說自己幼受庭訓，「閑事莫理」，不喜歡挑起爭端，但我發現其實你的文章對世界大事都十分關心，東西德統一、猶太人的歷史悲情、日本對東亞的態度，你都寫過情理十足的文章。中國與香港的歷史大事更不用說了，中英草簽、香港回歸，以至較近年的國民教育風波，各種社會運動，你也會主動以文章發聲。但另一方面，在最沉痛之時，你也會像周作人一樣思考「文學無用」，會像朱自清問「那裏走？」」，甚至說一句「筆寫的，有相干？」」，那麼我現在問你一句：筆寫的，到底有沒有相干？

小思　〈筆寫的，有相干？〉是我回應魯迅一九二六年三月廿九日刊於《語絲》的〈無花的薔薇之二〉一文，卻又生疑惑的命題。在這裏我忍不住要引錄魯迅文中幾段憤慨話的其中一段：

「中華民國十五年三月十八日，段祺瑞政府使衛兵用步槍大刀，在國務院門前包圍虐殺徒手請願，意在援助外交之青年男女，至數百人之多。還要下令，誣之曰『暴徒』！」

文章最後，魯迅如此寫：

「以上都是空話。筆寫的，有甚麼相干？實彈打出來的卻是青年的血。血不但不掩於墨寫的謊語，不醉於墨寫的輓歌；威力也壓它不住，因為它已經騙不過，打不死了。」

我扭轉一下，不循魯迅所說青年血的正義之力，卻真的說筆寫之力。現在世代，不止筆寫的，有相干，還有各種科技媒體記錄的都有相干。我知道魯迅當時憤然講了反話，他自己也用筆寫，當然有相干的。但必須鄭重考慮一個重要先決條件：執筆者、操制科技媒體的人心思應屬正道，不作假。在這裏不必定義何謂正道，魯迅當年心思就是正道了。以正道的筆寫出來的，有相干！

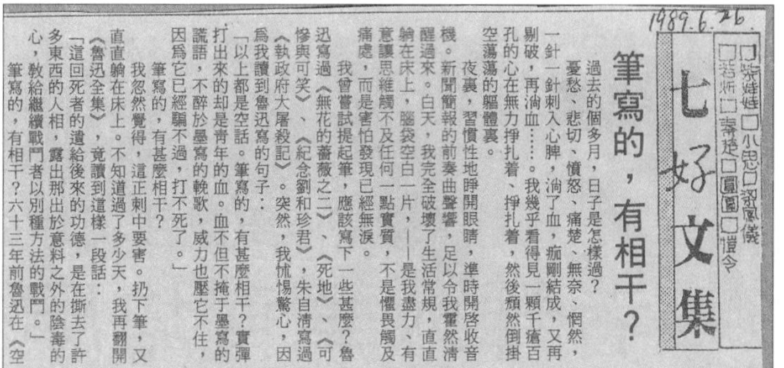
1989.6.26.

七好文集

筆寫的，有相干？

過去的個多月，日子是怎樣過？

憂愁、悲切、憤怒、痛楚、無奈、惘然，一針一針刺入心脾，淌了血，痂剛結成，又再剔破，再淌血……。我幾乎看得見一顆千瘡百孔的心在無力掙扎着、掙扎着，然後頹然倒掛空蕩蕩的軀體裏。

夜裏，習慣性地睜開眼睛，準時開啓收音機。新聞簡報的前奏曲聲響，足以令我霍然清醒過來。白天，我完全破壞了生活常規，直直躺在床上，腦袋空白一片，——是我盡力、有意讓思維觸不及任何一點實質，不是懼畏觸及痛處，而是害怕發現已經無淚。

我曾嘗試提起筆，應該寫下一些甚麼？魯迅寫過《無花的薔薇之二》、《死地》、《可慘與可笑》、《紀念劉和珍君》，朱自清寫過《執政府大屠殺記》。突然，我怵惕驚心，因爲我讀到魯迅寫的句子：

「以上都是空話。筆寫的，有甚麼相干？實彈打出來的却是青年的血。血不但不掩于墨寫的謊語，不醉於墨寫的輓歌，威力也壓它不住，因爲它已經騙不過，打不死了。」

筆寫的，有甚麼相干？

我忽然覺得，這正刺中要害。扔下筆，又直直躺在床上。不知道過了多少天，我再翻開《魯迅全集》，竟讀到這樣一段話：

「這回死者的遺給後來的功德，是在撕去了許多東西的人相，露出那出於意料之外的陰毒的心，教給繼續戰鬥者以別種方法的戰鬥。」

筆寫的，有相干？六十三年前魯迅在《空

原載於《星島日報・七好文集》，一九八九年六月廿六日。全文見本章附錄二（第76頁）。

楊 我很喜歡黃繼持評論你的散文〈藍玻璃〉。你在文章中原說「我怕藍玻璃」，因為世界被染色了，走出藍玻璃後會無法面對驕陽下的真實。這固然是對各種蒙蔽或扭曲的對抗。但評論者續問了一句，那麼小思面對得了「白玻璃」嗎？我不知後來你有沒有回答過他這個問題，我很想知道答案。

小思 我沒有回答他這個問題。因為我當年沒有勇氣答：「白玻璃，也終隔一層，有折射，有反光，還是不夠真實。」

楊 除了文學與真實的問題，另有很耐人尋味的一篇〈木偶之死〉，談受制與自由。我覺得這篇寫得非常微妙，你說「主宰他的人

七好文集

兩題　小思

藍玻璃

車窗玻璃全是淡藍色。

夏秋之際，陽光過份猛烈，車子在山間馳，捲起陣陣風塵，叫人睜不開眼。忍受不斷的撲面侵擾，委實不容易。我習慣把窗子關起來，借一借藍玻璃的護蔭。

藍玻璃一隔，車外，就變得色彩奇異：說是個淡藍色的世界？卻又不是，分明仍看得清楚窗外景物的原來顏色。只是，原來顏色之外，彷彿還有一層透明的幽暗，蠱惑着人的視覺。

我隔着藍玻璃看窗外。看着看着，青山、白雲、建築物、各種車子、穿着不同顏色衣服的行人……飛快從車外投進我的視綫，一下子又過去了。無論那有多快，我樂意相信自己仍然分得清他們的原來顏色。

乘車，總有下車的時候。

踏出車外，黃澄澄的陽光撲頭撲面壓過來，我不禁驟然吃驚，像給誰一掌推進另一個世界去似的。驚訝的不是陽光太猛，而是——一直自己以為看得清楚的顏色，跟原來的並不一樣。

從此，我怕藍玻璃。

化石

朋友從阿拉伯沙漠的工地回來，帶來幾枚化石。

我把玩着一枚螺殼化石。看外形，它原該是一個很平凡的海螺。不知道那年那月，它的住處忽然天變了、地變了。海底變成沙漠——中國古語裏的「滄海桑田」，它經歷了。原來貝殼特具的光澤，給沙石磨去，然後慢慢石化，現在它竟帶着鐵和石的沉厚顏色。殼外一層層由小到大的旋紋，深刻紀錄了螺的身份，可是，重甸甸的，分明又不是螺。它大概並不明白，自己為什麼變得如此古怪；也不知道，從此，人類把它從海產生物類除了名。畢竟，石化了，是這海螺的悲劇。

原載於《星島日報．七好文集》，一九七九年十一月三十日。全文見本章附錄三（第78頁）。

木偶之死　小思

木偶緩緩抬起頭來，緩緩提起右手，緩緩嘗試擺動左腳，他發現——自己也可以提起左手，擺動右腳。

他開步，來回走了幾步，輕快的動作使他走得更有信心。突然，一條黑[illegible]着他的左臂。他抬起頭來，驀發覺看見主宰他的人了。但，他看得更清楚的，是牽引着自己手、腳的一條又一條的白色繩子。

他再緩緩提起右手，動了幾下，白繩也動了幾下，看得明白，是白繩先動幾下，右手才動幾下。他緩緩抬起頭來看主宰他的人，又緩緩垂下頭來看自己的手腳。大概情況明白了，他猛一頭，哭得滿身子都抖起來了。

主宰他的人很憐惜地撫着他的手，可是，他哭得夠氣了，甩開他撫慰他的「安慰」。

他又再緩緩抬起頭來，又再緩緩提起右手，今回，他提得更高一點，高得足夠緊緊握住一條白繩子。用力一扯，白繩子斷了，同時，他身體一部分塌下來了。他再勉力抓住另一條白繩子，用力一扯，他身體另一部分塌下來。他緩……緩……用最後一點力，最後一條白繩子斷了……他塌倒，跌倒，他全身塌得像堆廢料，不再動一動。

木偶死了！不能再動一動，照一些人的意見：他自由了！

自由了？不是嗎？掙脫牽引自己手足的繩索，從此不再受制，不是絕對自由了？

木偶生命繫于幾條繩子。他不制於陽光、空氣、水份、養料，特定的生活空間，但受制于幾條繩子。說「受制」，許多人受不了，認為那就是不自由，但木偶沒了繩子，不再受制，那又怎樣？——木偶死了！

原載於《星島日報．七好文集》，一九七九年十一月三十日。全文見本章附錄四（第80頁）。

温情地撫着他的手」，又説「木偶生命源於幾條繩子」、「説『受制』，許多人受不了，認為那就是不自由，但木偶沒了繩子，不再受制，那又怎樣？——木偶死了！」寫作此篇的背景是甚麼？放諸今天，你的看法可有甚麼改變？

小思　哦！我忘記了是法國還是捷克的木偶大師來香港表演。木偶師牽着提線木偶出場，運用幾條繩子讓木偶活起來，流利表演各種姿態，觀眾都拍手稱許。演着演着，木偶一臉不滿，不想給主人操縱，反抗掙扎，用力扯斷了繩子。嗒一聲，整個木偶癱委在地。此時全場燈滅了，只剩一線微光照在木偶身上。主人把攤死在地上的木偶抱起，緩緩消失在黑暗中，節目完畢。台下觀眾若有所失，全場沉默，竟然久久不懂鼓掌。我當下呆了，往後還有甚麼節目都記不得。受制、掙脫、自由、自由後卻因先天條件所限而癱死在地……這個結局令我苦思極久，直到今天，更強烈纏繞着我。

楊　**所謂熱血青春，大都離不開受制的促發與自由的追求。你的青春，雖然你説沒有吶喊過，大概都如你的文章，端正清爽，偶然卻也藏着細密的心思，實難一言以蔽之。**

小思　謝謝你點出「實難一言以蔽之」。我的青春，沒有吶喊過。但直到今天，我相信熱血仍在。

附錄一

浴火鳳凰

小思

我想了很久，應不應該用上這個題目。終於決定用上。

一貫在我們成人眼中，香港年輕一輩，生於單純、無知的世代，從來未見憂患。教育政策也欠恰當指引，教他們怎樣面對世道。可是，一場意想不到的危難演變，竟逼出全新面貌來。當看到舉起如林的雙手，當看到分秒危機臨近卻沉默挺前的身軀，我為自己的軟弱而慚愧，為成人世界的某些卑劣行為而悲傷，可更為他們的安危而痛心。

也許，天意要為這一代香港人設下浴火重生的洗煉。純真的人無法想像成人世界的複雜與真偽不分，如今，他們終受真切洗煉。煉，是用火燒製使物質純淨、堅韌。但火燒煉，是必然經歷痛楚。浴火鳳凰的故事：「鳳凰是人世間幸福的使者，每五百年，就要背負人世所有不快和仇恨恩怨，投身於熊熊烈火中自焚，以生命終結換取人世的祥和與幸福。在肉體經受了巨大的痛苦和磨煉後，才能得以更美好的軀體得以重生。」我很敬畏這壯烈故事。還有一個《風俗通》的典故：「殺君馬者道旁兒」。意思是一匹好馬跑得很快，但路邊看客不停地鼓掌，馬兒遂不停地加速，結果不知不覺地被累死了。這教訓也很重要。

我病了三個星期，沒想到會遇上令人身心俱傷的事件。在嗅覺味覺全病態中，方知平常習以有之的感覺失去的難受。自由，也只有失去才知道寶貴。

病體支離，思維力也弱。我勉強執筆寫成此文，祝禱香港平安，青年人平安。

也以此文結束「一瞥心思」專欄，向讀者告別。

附錄二

筆寫的，有相干？

小思

過去的個多月，日子是怎樣過？

憂愁、悲切、憤怒、痛楚、無奈、惘然，一針一針刺入心脾，淌了血，痂剛結成，又再剔破，再淌血……。我幾乎看得見一顆千瘡百孔的心在無力掙扎着、掙扎着，然後頹然倒掛空蕩蕩的軀體裏。

夜裏，習慣性地睜開眼睛，準時開啟收音機。新聞簡報的前奏曲聲響，足以令我霍然清醒過來。白天，我完全破壞了生活常規，直直躺在牀上，腦袋空白一片，——是我盡力、有意讓思維觸不及任何一點實質，不是懼畏觸及痛處，而是害怕發現已經無淚。

我曾嘗試提起筆，應該寫下一些甚麼？魯迅寫過《無花的薔薇之二》、《死地》、《可慘與可笑》、《紀念劉和珍君》，朱自清寫過《執政府大屠殺記》。突然，我怵惕驚心，因為我讀到魯迅的句子：「以上都是空話。筆寫的，有甚麼相干？實彈打出來的卻是青年的血。血不但不掩蓋於墨寫的謊語，不醉於墨寫的輓歌，威力也壓它不住，因為它已經騙不過，打不死了。」

筆寫的，有甚麼相干？

我忽然覺得，這正刺中要害。扔下筆，又直直躺在牀上。不知道過了多少天，我再翻開《魯迅全集》，竟讀到這樣一段話：「這回死者的遺給後來的功德，是在撕去了許多東西的人相，露出那出於意料之外的陰毒的心，教給繼續戰鬥者以別種方法的戰鬥。」

筆寫的，有相干？六十三年前魯迅在《空談》中寫得清清楚楚，教我們戰鬥方法，只是，我們大意，事前沒有好好讀懂記取。又一次怵惕驚心，我竟想起了周作人，他就在六十三年前，確信了「教訓無用」、「文學無用」，從此躲在苦茶齋裏，淹沒了自己。

這是一個選擇的時候了，我忽然看到朱自清蒼白而温柔的面相，朝着我說：那裏走？那裏走？

附錄三

藍玻璃

小思

車窗玻璃全是淡藍色。

夏秋之際，陽光還很猛烈。車子在山間飛馳，捲起陣陣風塵，叫人瞇着眼。忍受不斷的撲面侵擾，委實不容易。我習慣把窗子關起來，借一借藍玻璃的護蔭。

藍玻璃一隔，車外，就變得色彩奇異：說是個淡藍色的世界？那又不是，分明仍看得清楚窗外景物的原來顏色。只是，原來顏色之外，彷彿還有一層透明的幽暗，蠱惑着人的視覺。

我隔着藍玻璃看窗外。看着看着，青山、白雲、建築物、各種車子、穿着不同顏色衣服的行人……飛快從車外投進我的視線，一下子又過去了。無論那有多快，我樂意相信自己仍然分得清他們的原來顏色。

乘車，總有下車的時候。

踏出車外，黃澄澄的陽光撲頭撲面罩過來，我不禁驟然吃驚，像給誰一掌推進另一個世界似的。驚訝的不是陽光太猛，而是——一直自己以為看得清楚的顏色，跟原來的並不一樣。

從此，我怕藍玻璃。

附錄四

木偶之死

小思

木偶緩緩抬起頭來，緩緩提起右手，緩緩嘗試挪動左腳，他發現——自己也可以提起左手，挪動右腳。

他開步，來回走了幾步，輕快的動作使他走得更有信心。突然，一條黑柱阻擋着他的左腳。他抬起頭來，應該是看見主宰他的人了。但，他看得更清楚的，是牽引着自己的手、腳的一條又一條的白色繩子。

他再緩緩提起右手，動了幾下，白繩也動了幾下，看得明白，是白繩先動幾下，右手才動幾下。他緩緩抬起頭來看主宰他的人，又緩緩垂下頭來看自己的手腳。大眼睛充滿悲哀。他掩了面，哭得連身子都抖起來了。

主宰他的人温情地撫着他的手，可是，他哭得動氣了，甩開關懷他的「安慰」。

他又再緩緩抬起頭來，又再緩緩提起右手，今回，他提得更高一點，高得足夠緊緊握住一條白繩子。用力一扯，白繩子斷了，同時，他身體一部分塌下來了。他再勉力握住另一條白繩子，用力一扯，他身體另一部分塌下來，他緩……緩……用最後一點力，最後一條白繩子斷了……格嘞、格嘞，他全身塌得像堆廢料，不再動一動。

木偶死了！不能再動一動，照一些人的意見：他自由了！

自由了？不是嗎？掙脱牽引自己手足的繩索，從此不再受制，不是絕對自由了？

木偶生命源於幾條繩子。他不制於陽光、空氣、水分、養料，特定的生活空間，但受制於幾條繩子。説「受制」，許多人受不了，認為那就是不自由，但木偶沒了繩子，不再受制，那又怎樣？——木偶死了！

一瓦之緣

「所謂『眼界始大，感慨遂深』，在你生命中，何時有這種意識上的感動？」

「在香港生活環境中，並無機會讓我『眼界始大』。直至那年我孤身一人，首次身處另一全新環境，才會『感慨遂深』。……春季在櫻花樹下徘徊，夏季穿過篩風竹林，秋季踏在如扇的銀杏葉、如火的楓葉上，冬季忽見素雪舞長空，全都讓我與自然感通起來，這是我在香港從未體會過的。」

小思在京都宿舍推窗初見雪。（攝於一九七三年一月十二日）

楊：楊鍾基教授　樊：樊善標教授　黃：黃念欣教授　李：李薇婷女士

從《日影行》到《一瓦之緣》：追記京都那早晨

楊　說到小思與日本或京都的關係，確是一言難盡。從一九七一年的《日影行》，到一九七三年到京都大學任研究員而「脱胎換骨」的一年，以至往後多次再訪京都與閱讀京都的體驗，如何總結呢？你用了新散文集的書名「一瓦之緣」作為這次訪談的題目，我覺得頗有深意。

你寫〈青龍寺一瓦之緣〉記錄了日本空海和尚仰羨大唐文化而到長安青龍寺求佛法，一千多年後西安政府把一塊青龍寺遺瓦送到京都東寺，以證此段文化因緣。你雖然在散文裏寫過當年選擇到京都修學一年的原因，有個人的、也有文化學習上的客觀因素，但我仍然想問，寫〈青龍寺一瓦之緣〉時，你有鏡像地自比空海嗎？有追求佛法一樣追求文化理解之心嗎？有過「一生一別難再見，非夢思中數數尋」的喟歎嗎？

《一瓦之緣》由香港中和出版有限公司於二〇一六年三月出版。

小思

我怎敢自比空海大師？去京都遊學一年，真的為了個人原因。在香港教學七年後碰上一些教學的小挫折，聽從唐君毅先生的話，算是休養生息也好，半逃避也好，離開香港，透一口氣的行為而已。當年對日本文化一無所知，何來「追求文化理解之心」？

歸來後更無「一生一別難再見，非夢思中數數尋」的喟歎，有的是積極追索更多更廣的知識及反省自己的不足。

因緣際會，竟給我遇上了一段中日文化交往的舊緣重訂場合，當年寫《日影行》所感是淺情，幾十年後，寫《一瓦之緣》卻是深思。明白一瓦易碎，正好象徵中日交情。幾篇靖國神社的文章湊合在一起，遂展現「一瓦之緣」作書名的含意了。

楊

可以肯定，京都一年對你的學問與人生都有深刻的影響，不然——我以為這是我讀《承教小記》的獨得之見——

西安青龍寺遺址的「空海大師紀念碑」和「中日友好紀念碑」。

這本叫《承教小記》的散文集，為何第一篇不是〈承教小記〉，而是這篇描寫初到京都的〈不追記那早晨，推窗初見雪……〉[1]呢？

小思 你也看出來了。是的，這篇是我經歷了在香港看不見的天地明顯更替循環的現象後，恍然有悟而寫的。有幸承受了「自然四季」之教，明白天人合一之義。

黃 很喜歡裏面所說的「天地間就明明白白有一股生命之流在湧着，在一草一木間，陣風片雨之際，場景的迅速變換，足使對季節慣於無知無覺的人，又興奮又淒然」。在四季分明的地方，才明白古人惜春傷春之意，並非興感無端。

楊 我認為承自然之教甚有文藝意義。借用錢穆老師對《論語》「子在川上」一段的解說，當孔子面對滔滔川流，才開了

不同版本的《承教小記》：右為明川出版社版本，左為華漢出版社版本。

1 小思：〈不追記那早晨，推窗初見雪……〉，《承教小記》，香港：明川出版社，一九八三年，頁1。

竅，所謂「眼界始大，感慨遂深」，讓自然景色入眼通心，體悟到「四時行焉，萬物生焉」。在你生命中，何時有這種意識上的感動？最深刻是哪一件事呢？

小思　我說過因為學生發生了問題，令我感到失望，決定停職一年，到京都去。正如我曾提過，這是脫胎換骨的一年。在香港生活環境中，並無機會讓我「眼界始大」。直至那年我孤身一人，首次身處另一全新環境，才會「感慨遂深」。那時我經常一個人走在路上，凝望路邊的河流——我住的地方就是川端町，宿舍附近有一條河。或者星期天到訪山水如畫的嵐山。春季在櫻花樹下徘徊，夏季穿過篩風竹林，秋季踏在如扇的銀杏葉、如火的楓葉上，冬季忽見素雪舞長空，全都讓我與自然感通起來，這是我在香港從未體會過的。我感到自己的生命忽然起了爆炸性變化。頓感「天地之大」，明白自己渺小，更感悟自然生命的強勁。這是很重要的一年，並不單是哪一件事特別深刻感動我。

這一年，我在京都更學習到另一套學術研究方法，又從古典文學研究轉向現代文學研究，在學術上也是重要的轉捩點。所以，我把〈不追記那早晨，推窗初見雪……〉列為《承教小記》的首篇文章，以誌我「眼界始大」的一年。

小思除了步行往返宿舍外，偶然也會花點錢乘火車。（攝於近川端町的車站）

楊　**那麼你去日本前後所寫的散文，內容與思想相差很遠嗎？**

小思　由於人生歷練，思想有改變，該是正常發展。加上我回港後，再寫的文章是刊在《星島日報》副刊的《七好文集》。讀者對象與《路上談》完全不同，不再是學生了。故我取材下筆，都以一般讀者為念，寫多了，筆調會較寫《路上談》從容些。這點我認為與去京都一年無關。可是，個人的觀察力，學術研究方向，卻的確有了很大轉變。

文化衝擊：走上研究現代文學之路

楊　**由此聽來，你的京都一年，就像是在茫茫人海中，突然抽身到某個地方一個人生活，初抵埗時有特別感覺嗎？**

小思　有呀。我到埗那天，正值京都嚴寒，我卻沒帶足夠禦寒衣服，下了巴士找宿舍所在，走過幾條街，冷得我牙關打顫。到達宿舍，才知道預訂的房間還沒空下來，怎辦？那種徨真難以形容。幸好宿舍裏有位台灣女孩子，她很仗義，同情我「初來埗到」，說有親戚在京都，她可以去借宿一宵，把自己的房讓給我。結果，那一夜，我就在一間不屬於自己的房中，陌生牀上，蓋着異樣濃濃別人體味的棉被，度過遊學京都的第一夜。那旅人孤單感，至今難忘。

楊　**還有甚麼衝擊嗎？**

小思　那就是京都大學圖書館藏書的衝擊。在香港，當年新亞圖書館藏書不夠好不夠多，我又沒機會進香港大學馮平山圖書館，根本不曉得甚麼叫藏書之盛。初到京都大學，圖書館藏書的陣容，簡直令我神魂震撼。

楊　**那裏所藏的某種類中國典籍是世界上最豐富的。**

小思　對，京都大學的圖書館，特別是人文科學研究所的閉架藏書，無論中國古籍或現代文學書刊，收藏都極珍貴，例如唐宋筆記小說——當年不易看到的。由於唐先生介紹我去跟平岡武夫先生學習，平岡先生是從事唐代基礎文獻整理、唐代

小思在京都大學圖書館。

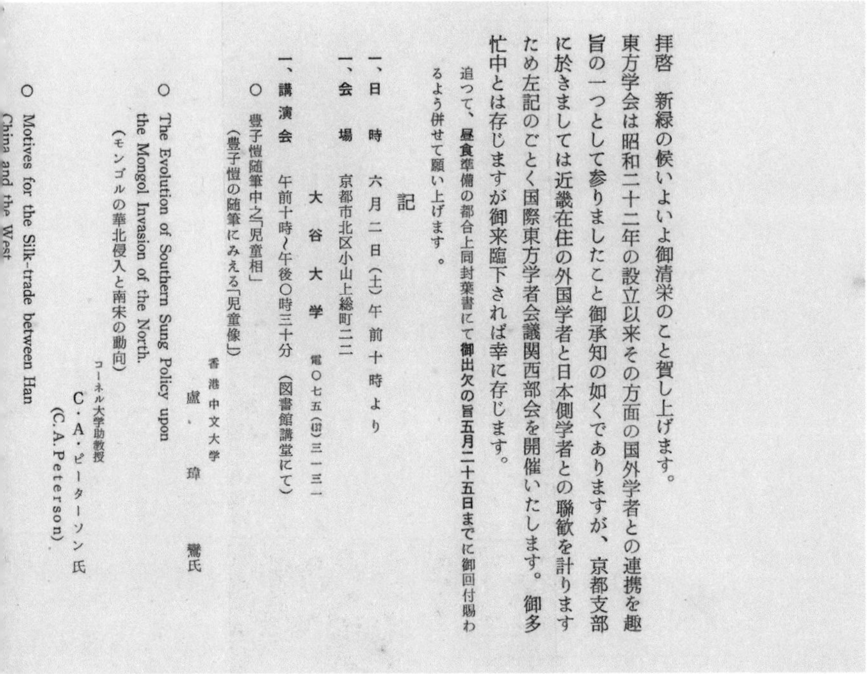

拝啓　新緑の候いよいよ御清栄のこと賀し上げます。
東方学会は昭和二十二年の設立以来その方面の国外学者との連携を趣旨の一つとして参りましたこと御承知の如くでありますが、京都支部に於きましては近畿在住の外国学者と日本側学者との聯歓を計りますため左記のごとく国際東方学者会議関西部会を開催いたします。御多忙中とは存じますが御来臨下されば幸に存じます。
　追って、**昼食準備**の都合上同封葉書にて**御出欠の旨五月二十五日まで**に御回付賜わるよう併せて願い上げます。

記

一、**日　時**　六月二日（土）午前十時より
一、**会　場**　京都市北区小山上総町二二
　　　大谷大学　電〇七五（432）三一三一
一、**講演会**　午前十時～午後〇時三十分（図書館講堂にて）
○　豊子愷随筆中之「児童相」
　（豊子愷の随筆にみえる「児童像」）
　　　香港中文大学　盧　瑋　鑾氏
○　The Evolution of Southern Sung Policy upon the Mongol Invasion of the North.
　（モンゴルの華北侵入と南宋の動向）
　　　コーネル大学助教授　C・A・ピーターソン　氏
　　　（C.A.Peterson）
○　Motives for the Silk-trade between Han China and the West

文史及長安、洛陽史的專家。我便想尋找唐代庶民生活的零星散記，在正史以外，補上些趣味紀錄，於是着手看唐人筆記。

楊　**那真奇怪，後來你怎會轉變了研究方向，變成研究現代文學？**

小思　哦！那該是天意命定的一回事。一九七三年二月有一天，平岡先生叫我去他辦公室，給我一封英文信，説由吉川幸次郎先生當顧問、「京都支部」部長貝塚茂樹先生主持的「國際

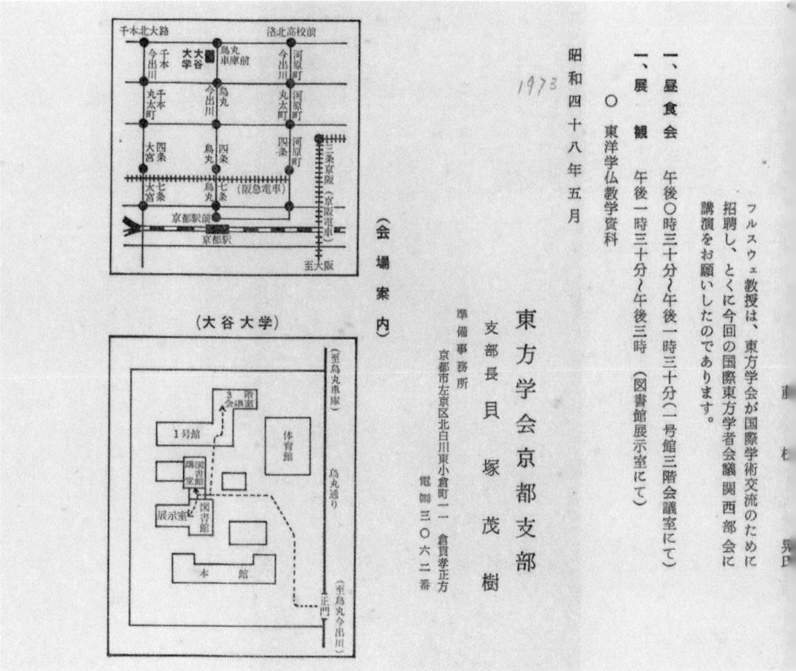

フルスウェ教授は、東方学会が国際学術交流のために招聘し、とくに今回の国際東方学者会議関西部会に講演をお願いしたのであります。

一、昼食会　午後〇時三十分～午後一時三十分（一号館三階会議室にて）

一、展　観　午後一時三十分～午後三時　（図書館展示室にて）

〇　東洋学仏教学資料

1973

昭和四十八年五月

東方学会京都支部

支部長　貝塚茂樹

準備事務所

京都市左京区北白川東小倉町一一　倉貫孝正方

電㈦三〇六二番

（会場案内）

國際東方學者會議邀請函：小思的〈豐子愷隨筆中之「兒童相」〉報告列為當天首項議程。

東方學者會議」，要在京都舉行研討會，叫我寫一篇論文去宣讀，算以香港代表身份去參加。嚇了我一大驚，因為我從未寫過出席學術會議的大論文，臨急臨忙也不知道寫甚麼題目。老師下命令，又不敢違背，只好苦思一番。

時間緊迫，實在無法做自己不熟的題材。我忽然想起吉川幸次郎先生，就是首位翻譯豐子愷《緣緣堂隨筆》，介紹給日本讀者的學者，而我去京都之前已在研究豐子愷，遂因利乘便以此為題做個報告。

由於手邊沒有帶豐子愷資料，必須借助京大圖書館藏書。怎料，這樣一頭栽進去中國現代文學書庫，便如開啓寶庫之門，一發不可收拾。那麼多從未見過的書刊、豐子愷資料都幾乎前所未見。

做完那報告後，我就決定不讀唐人筆記，全力讀三十年代中國現代各種雜誌，從此改變了讀書方向了。

小思在「國際東方學者會議」上以豐子愷為題發表研究報告。

楊 **由新亞中文系的傳統中國文學語言訓練，轉向現代文學，遇上困難嗎？**

小思 的確有困難。我在新亞全修讀中國古代文史哲，對現代文學可以說一無所知。但正因如此，翻閱現代文學書刊，幾乎樣樣新鮮。中學時代讀過朱自清、徐志摩、冰心等人作品，原來在三十年代還有另一面貌。讀着一種雜誌，怎麼內裏忽然罵起另一種雜誌來？為了好奇，我找來另一雜誌同年同月的一期配着讀，這時候才分辨出是左右派陣營或第三種人罵戰。從此，我便同時讀當年幾種立場不同的刊物，又借該時期的作家作品回宿舍夜讀。慢慢才由無知到瞭解一點點。我是讀完二、三十年代各種重要的刊物，才回過頭來讀《中國新文學大系》、王瑤的《中國新文學史稿》、劉綏松的《中國新文學史初稿》、唐弢的《中國現代文學史》等書，卻又發現各文學史中，無數在雜誌中頻頻出現的作家都缺席了。無知的我疑團太多，無人可請教，實在困難。

楊　**那你怎樣應付？**

小思　呵！幸好我到京大人文科學研究所不為求學位，不必寫論文，屬遊學性質。半途連平岡先生也因退休離開京大了，我不用向誰交代。那些雜誌內容十分豐富，有些刀光劍影，有些風花雪月，有些幽默閑適，有些浪漫柔情……簡直如進文學博覽會。不明白的地方，原來看得多就逐漸明白過來，有疑難逐一考查就解決了。反正自己讀書，不用應付甚麼，於是愈讀愈快樂。

京都學運：反思自身與前路

楊　**說到京都，我和你應有許多共同話題。我從一九六七到一九七二年在京都大學待了五年，比你早一年離開，其間是日本學運非常熾熱的時期。京大學生有大半年封鎖校園，**

批鬥老師，開辦「自主課程」。學生之間分裂成為水火不容的派別，武鬥不休。有一次東京學生的打鬥鬧出了人命，肇事學生躲在校園，可是大學校方堅決拒絕警員進入。我相信你的京都也不是一味的寧靜古雅，在潛心讀書做學問之餘，可有感受過一點社會運動的餘波？這方面有沒有影響過你？

小思

哎喲，提起京大學生運動，又顯示了我的無知。到日本之前，我對日本現況又是一無所知，甚麼東大全共鬪安田講堂事件，甚麼京大赤軍事件……通通不懂。一九七三年我進京大校園時，學運高潮雖已過，可是餘波未了。時計台（鐘樓）全被標語布條封住，校園天天都有不同派別學生手持木棒，列隊呼喊示威，還有人告訴我學生曾把校長禁錮在鐘樓裏。在香港，哪會見過這種大場面？相比起來，香港中文合法化運動真太小兒科了。可是我未見多怪，每天經過校園去學生飯堂午飯，總得躲躲閃閃，避開人羣，常常被吆喝聲弄得驚魂不定。近年讀了日本評論家川本三郎的《我愛過的那個時代》，自傳式寫六十年代末七十年代初的日本學運親歷記，方知自己所見真是微不足道。

黃

一九七二年好像還有過三位京都大學學生以赤軍的身份襲擊以色列機場，引發了莫大的爭議。一個政治運動傳統那麼激烈的地方，卻同時可以發展出一派以實證和田野考察見

稱的漢學重鎮，讓您有不問世事、脱胎換骨的一年，真是十分神奇。記得您有過一篇論文——〈那裏走？——從四個文學家的惶惑看五四後知識分子的出路〉[2]——談論現代中國四種知識分子的選擇，有左傾、有隱世、有寄情宗教或美育的，可見同一時代環境，可造就不同的路向。我一直想問，回望您的人生，您又選擇了哪一條路？

小思 京大校園除左右兩派學生的對壘外，還有不少與日本學運無干的不同派別也各有據點，甚麼「日中友好協會」、「毛澤東思想學院」、「在日台灣學生連誼會」……眾多政治派系間的鬥爭，受香港教育長大的我，從來沒實際體驗過，困在校園有聲有色的現場感，給我印象十分深刻。

加上不斷閱讀二、三十年代的書刊，自難避過當年不同派系政治、文藝鬥爭的情況。儘管躲在圖書館裏仿如隔世，也不由得我不想想自身路向問題。特別讀到朱自清的〈那裏走〉[3]一文，他坦白敍述了面臨不同政體選擇的猶豫與徬徨，使我也微泛憂思。可是一九七三年，一般香港人還不會意識到身份、路向等等的嚴峻問題。我是一般人，那時候，微泛憂思後，一下子也就忘卻了。

2 小思：〈那裏走？——從四個文學家的惶惑看五四後知識分子的出路〉，《五四文學與文化變遷》，臺北：臺灣學生書局，一九九〇年，頁335–357。

3 朱自清：〈那裏走〉，《一般》第四卷三月號，上海：開明書店，一九二八年，頁373–374。

一九七三年在日台灣學生連誼會出版的《台生報》，頭版刊登了當時積極參與政治運動的台灣大學哲學系副教授陳鼓應的論政文章。

〈1〉昭和44年9月20日第三種郵便物認可　　台生報　　1973年7月25日発行（91号）

台生報

発行人　王　啓　沢
編集人　台生報編集部
発行所　在日台湾学生連誼会
〒151　東京都渋谷区代々木1－5－5 和田荘玉山舍
TEL（370）8013
1966年1月25日創刊
全年12回　毎月25日発行
定価1部20円
郵便振替口座 東京77292番

在日台湾学生連誼会

主旨

一、本会是由全体在日台湾学生所組成的親睦、福利、自治団体。

二、本会是以溝通会員間的感情、培養互助合作的精神、提高対家郷之関心、並共同謀求解決学業上及生活上面臨的各种問題為目的。

三、本会是以促進会員与在日台湾同郷之親睦、増進会員与日本国民的親善与理解為目標。

容忍与了解

陳　鼓応

「海外学人月刊」来信、希望対於「国是」問題提出意見。我向来不談政治的問題、「国是」両字、在我心中所産生的荘厳感和可笑感同時並存。此地的一般青年人、対於国事表現着両種顕著的心情：一類表現的是憤激、一類表現的是冷漠。很不幸、這両種感覚如此尖鋭地存在於我的内心：一方面、拉開視線、従広大的文化背景与歴史的洪流中去看、任何現実問題都引不起我的興趣。另方面、対於周圍人羣的生存与事務却又充満着関懐之情。幾十年来、多少知識份子熱心作諍言、然而換得的結果是如何呢？在這種政治環境中、明知談是談不出所以然来的、然而一股説不出的関切之心、使我提起筆来。現在、我僅就自己接触機会較多的青年人与知識份子間的一些感受、提出来談談。

一、距離感与圧力感

知識份子普遍所表現的冷漠与憤激的情態、原因之一、産生於知識份子与執政者的距離感。距離感的産生主要由於彼此互相漠視或疑視。執政者們在投身於実際政治之前、大半都是知識份子、他們懐抱理想、期求以行動来実践、但是当他們専注於行動的效果時、往往与原有的理想疏離、因而和抱持理想的知識份子間的共鳴感逐漸降低。再則、由於繁忙的瑣煩工作、使得和書本脱節、当知識的饑荒与心靈的饑荒到達自覚的程度時、就産生某種心理来作自我弁護、一方面賦与自己工作以重要感、另方面認定知識份子只是無用的空談家、四周部属的美言称頌、更使自己在不知不覚中擁抱権位、傲然自得、俯視「下層」知識份子、漠視之情油然而生。由漠視而産生軽視的一個主要原因、是由於在位者所目撃的「知識份子」：盡皆不過爾爾：経常出現於権勢隨嚮左右的「学人」、不是打躬作揖、便是逢迎阿諛、口中又吐不出什麼墨来、在位者既然従無機会接触真才実学者、於是把這些文化垃圾当成所有知識份子的代表而産生蔑視的心理。至於一般知識份子、則常持着高度的理想標準去譏評執政者、以為官場如濁流、並認為一切官吏都表現雙重人格。種種偏見、都由於彼此缺少接触与了解所形成。

形成知識份子冷漠与憤慨的另一個重要的原因、乃是由於圧力感所致。

一個青年学生、由中学開始就有足夠的経驗体会到沉悶的空気。最直接的是訓導方面的管制拘束。訓導人員的訓而不導、已普遍見於各専科学校。許多訓導人員不僅習慣於「訓」、而且動輒以懲罰為脅。我遇見好些訓導同事們、在督訓学生過後、対我揺頭説：「你看、這些学生就是這個様子！……」説完、露出一副無限感嘆的神情、我也頗為了解他們的感嘆之真切、只是覚得他們内心缺少一份真摯的愛。**現在的青年人、在他的四周很少有被愛的感覚。当他踏進社会或走進学術工作的園地時、立刻就被另一種低沉的気圧所籠罩。**任何文化份子所呼吸的空間、都感到有無数看不見的眼睛注視着每一個人的言行。任何人都深深地疑懼着自己会在不経意的時候説出一些不経意的話而被記録下来、而記録者可能正是這引你説出内心話的人。

一般人之所以対於国事漠不関心、事実上他不能不表現冷漠、也不敢不表現冷漠。

二、付出容忍的代価、向歴史作交待

上面所説的現象如果不假、如果有相当的普遍性、如果這種情形可堪憂慮、那麼我願坦誠的進一言：

㈠台湾這幾年来在経済建設上頗引以自豪。起碼、我們可以看到馬路修得很好、房子蓋得很高、工廠建得很多、然而、一個知識份子所最関心的是：政府是否能提供一個可供自由思考的環境、人民的精神可否不受到無謂的干擾以及基本人権能否被尊重而不軽易被剝落。在這些方面、仍待努力。我們必須了解在長期精神圧力与思想言論的受限下、無疑地会造成学術的停滞、人格気象的萎縮以及生命活力的消減。

㈡幾十年来、中国内憂外患、弄得人民動盪不安、最後的一次大顛滾、我們従死裡逃生、因而、很自然的、人民和執政階層都如此地渇求安全、而安全感遂成為価値取向上的首位。這二十年来、台湾確実維持了相当的安定、然而執政者們是否認真検討過安定所付出的代価？是否認清到安全憑藉嚴密的安全網所発揮的效果来維持安定会変成何種的景況？思想言論的圧抑所引起的精神不安与情緒不満将会造成怎樣的結果？当整個羣体的情感出路受到過分的圧制時、是否考慮到要如何適当地去疏導？某種程度的言論開放是否真正会影響社会的安全？這些問題都値得研究。

㈢現代化的国家、多数都能容納各種不同的思想見解、使他們能発揮多重的功能。今天、我們正在民主学歩的過程中、難免不習慣於容忍不同的意見、我們不知道到底有多少人由於意見的不同而遭受「特殊的照顧」、我們相信目前治安単位已漸漸的做到若非證據確鑿、則無辜者的人権都能獲得保障。然而許多安全人員或許由於工作心太重、或許由於求功心切、往往看到草縄就以為是蛇、於是疑雲四起、所形成的空気、却帯給普通人的惶惧不安。**当安全人員的安全工作造成很多人的不安全感時、検討和改進是必要的。**

㈣我們不知道有多少青年人被認為「思想分岐」而記録在卷、我認得好些人、只因為被認為講了幾句「激烈」的話、或交了一個講「激烈話」的朋友、結果有的工作難免受阻而生活淪落、有的因此不能出国而失去進修的機会（也有女友或未婚妻出了国而失去永遠相会的機会）、多少個人幸福之事被付諸流水、誰能一掬同情之淚！一個人在青年的階段、無論思想或情感都富有不平穏的衝動性、這是生理和心理発展過程中的必然現象、到了成年期間、許多観念都会有很大的転変、許多看法都会作自我修正、如果一個青年人因偶而的批評就暗地裡被永遠記録在卷、豈非有違於愛的教育的宗旨？如果観点不同、難道不能用討論或弁論的方式合理地説服対方嗎？**他們都是此時此地教育成長的人、自己教育成長的子弟都不信任、還信任誰？**

㈤任何一個政体、当它開創的早期、都難免採取非常的手腕来鞏固政権、但安定之後、必須立即採取開放的文治、才能樹立堅厚的穏定基礎。在歴史上、長久使用鎮制的力量総難免不受到後世的譴責、特別対於異見的不容忍所産生的文字事件。**如果我們允許批評、批評份子存在的話、批評份子永遠是批評份子、而絶非叛異份子。**

假如我們以目前安定的基礎開始建設一個合理化的社会、相信後人撰写這段歴史時、将会寛諒過去所採取的非常措施是為了建成今後合理社会不得已的手段、国家安全応従長期的角度設想。我們不可止於一時的安定為足意、我們応以長遠的歴史文化做為存在的背景。因而、我們必須付出容忍的代価、来向歴史作交待。

三、建議

最後、我懇切的提出下面幾項原則性的建議。

㈠関於安全措施的問題、我僅作四点簡単的建議：(1)有関個人的思想問題必須依循法律的程序処理。(2)清理以往的安全記録、若発現無辜者、請将〇案銷除。(3)提高安全調査工作者的水準。(4)用説理的方式解決所謂「思想」的問題。総之、治安措施必須逐歩走向合理的方式、才能得到社会正義的支持。

㈡学校訓導工作者応充実教育心理方面的知識。目前有過許多訓導講習班的設立、但是多注重如何「加強管理」的一点上、面対上級的耳提面命以及為了保存自己的飯碗、一般訓導人員多用心力在防患的事務上、而較少関注於疏導、啓発和感化的工作上。訓導人員的重要職責乃在於了解並幫助学生精神状態的発展、因而一般心理学的知識是必須具備的、特別是青年心理的認識。**更重要的是学習去愛人、特別是学習如何去愛那些煩人的学生。**

㈢政府応積極培養青年人的参与感。一個学生在学校的時候、経常聴到老師和校長們説：「国家是你們的。」「你們是時代的創造者。」但当他走出校門以後、他的被冷落感就愈来愈濃。他除了偶而到鎮公所投一次票之外、再没有任何的機会参与自己国家社会的公共事務。而這種選挙権又少得可憐、滑稽得可笑——凡是立監委及国代等重要民選、他都没有選挙機会（他從不知道誰代表誰、誰是他的代言人）、而剩下的議員一類的選挙、角逐者僅僅是五十歩与一百歩之別、甚至於有時看来都是一丘之貉。「神聖的一票」不可乱投也、一個清明之士很可能未使用過這可憐的選挙権。青年人既無糸毫参与的機会自然対於国事冷漠不関。最近張宝樹先生鑑於毎週挙行一次「午餐会談」、以聴取各方面的意見、這是和民衆接触的可取的方式之一、我們不僅希望張先生能多邀青年学者参加、也希望能邀青年学生参加、而且這種性質的会談応拡大到各個層面、凡是学校的主管和各階層的党政負責人都能長期挙辦、這様所聴取到的意見可以更為広泛而具体。這種会談既可発掘許多問題、又可讓参与者有表達和批評的機会（批評即使有時是発洩、這也是很重要的）。

総之、有参与的機会才能培養出責任感来。一個政府、如果不只是少数人的機構、那麼、如何讓更多有活力的青人来参与是急待努力去做的事。

假如能透過各種方式使各階層的成員有充份参与和表達的機会；才可激発関懐的熱情、而且也只有使大衆産生其対公共事務的熱情和向心力、才能獲得真正的社会安定。

假如政府希望青年人関心国事、並且培養参与的能力、那麼必須以愛心来了解、来容忍：了解他們的特長和短処、並容忍他們可能的錯誤、一如容忍他們出於熱情的批評。用愛心去啓発疏導、不用任何圧制的方式、這是我們至誠的期望。

（転載自大学雑誌第卅七期）

聯合公論十三～1

今天你問我選擇哪一條路？我想是走許地山的路。

黃　**可以肯定的是這脱胎換骨的京都一年真是非常關鍵，值得細意追尋、瞭解。**

北白川學者村與京大式卡片

黃　**您雖多次提到京都大學那一年對您影響深遠，但我們今天仍希望再問得具體些。我見過一些談京都大學、甚至深入分析京都學派的書，但最想知道的還是您親身經歷的感受。例如您在散文中時有談到，北白川住了許多學者，又有許多研究室和小組。但光是讀散文，我還是不大瞭解，究竟北白川是甚麼地方？**

小思　北白川是一個閑靜的住宅社區，住了許多文化人，故有學者村之稱。京都大學人文科學研究所是座建於一九三〇年的西式住宅，臨近疏水道北白川，風景幽雅。樓下有天階，兩廊有老師辦公室、研究室、課室。許多研究小組都定期在這裏做座談。還有擺着講究皮梳化的大客廳。二樓是圖書館。

黃　**為何那些研究所的研究題目會定得那麼細？您說過有「《洛陽伽藍記》研究小組」、「五四運動研究小組」和「李白杜甫研究」等。**

小思　你別忘記這是個關西學派的重鎮。老一輩的學者如我的老師平岡武夫，吉川幸次郎、貝塚茂樹、島田虔次等先生尚在。整個學術風氣都講究精研細讀中國典籍的。加上一九七二年，中日開始邦交正常化，社會一時盛行中國熱。這批中國研究專家學人帶領着學生小組作專題研究，教學過程最重要的不是上課，而是每人精讀典籍，作報告及討論。

黃　**您有參與過嗎？**

小思　沒有，但我曾經進去旁聽。他們在小組裏輪流朗讀自己從讀過的書中節錄出來的重要片段。研究方法重點在找尋文獻中研究題目的關鍵材料。例如研究「風流」二字，就得從古代文獻中查看此詞，一邊抄卡片紀錄，統計在某典籍裏用過多少次，另一本經典又用過多少次。這種研究是用資料證實結論，是很紮實的基本功夫。

另外，研究室是老師挑選承繼人的地方。一羣研究生差不多畢業時，老師便會挑幾個學生，叫他們不要離開，跟隨自己繼續研究。例如老師研究《文心雕龍》，幾個學生就幫助查找資料，找完資料就一起做目錄、索引及論文。因為當時未有電腦資料庫，所以一定會以老師的名義出版這些書籍。研究生長時間跟隨老師做研究，一定會成為專業。出類拔萃的，他日便是學術承繼者了。

黃 **這類的研究生很多嗎？**

小思 多。我不知道現在中文系如何，從前日本是這樣的。學生無論多辛苦，仍願意留在老師身邊，任勞任怨，因為既是工作又是學習磨練，研究的出版物也有學生的名字，這是很重要的。不過京都大學現在也改制了，以前讀完博士不等於有博士銜，要待你成為某個範疇的名家才追認為博士。楊先生（按：楊鍾基教授），是這樣麼？

楊 **至少在一九七二年我離開京大之前是這樣的。不過，「博士課程修了」在日本的大學向來是被承認作為入職的學歷的。**

黃　**那看來他們的師承是很重要的，知道誰是你老師，便知道你研究甚麼範疇。那麼，當年在京都大學還有哪些小組？**

小思　我記得平岡先生開設了「長安研究小組」、「白氏文集之校訂小組」。小組研究生，都看古籍抄卡片。

黃　**他們會隨身攜帶卡片？**

小思　對。他們身上常常帶着卡片盒，就因為抄資料需要用許多卡片。我每次出門也帶着一個裝有許多卡片的盒子。

黃　**當時的「長安研究小組」也很切合您現在的方向呢，以一個地方作為研究座標。**

小思　也許當時受了影響而不知道。不過，學懂抄寫卡片，卻是事實。

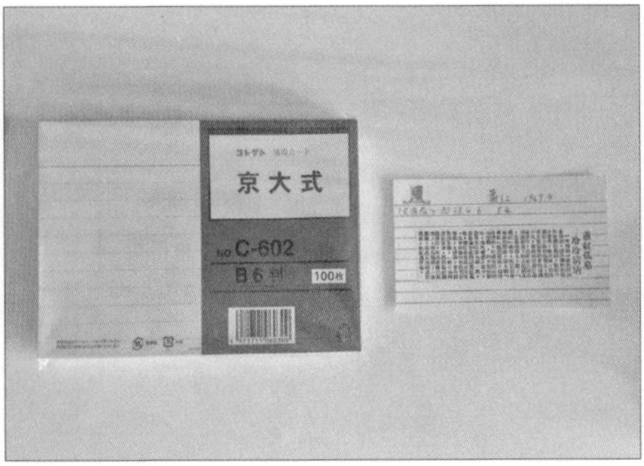

京大式卡片與小思用的卡片。

小思學會抄寫卡片後，卡片與卡片盒長年隨身，日積月累的卡片記錄也成為香港文學研究的重要資產。

京大圖書館與京都日常

黃　我很想知道您在京都一天的生活是怎樣的。您說當時不用上課，也沒有指導老師，應該是很自由的。

小思　的確很自由，我可以自由進出京都大學及人文科學研究所圖書館，計劃好好利用每天的時間。

黃　當時您是整天都在圖書館嗎？

小思　不去遊玩的日子，就整天都在圖書館。圖書館九時正開門，我習慣早一小時開始從宿舍步行前往。路上風景美麗，整段路遍植銀杏樹。初春有新綠，秋來一爽，忽然一夜之間，全數黃葉舞風，飄然落地。到圖書館路上，我踏着黃葉沙沙前行。這完全是詩化的生活。我之所以能脱胎換骨，皆因在京都的一年，盡是美景良辰。

抵達圖書館，我便開始工作。因為我與圖書館員的關係良好，前一天未看完的書，他會替我留起，待第二天繼續看。本來我不能進入閉架圖書館的，後來他也讓我進去，於是我可以隨意翻書。

樊 **當時您怎樣看書刊的？**

小思 由於為了撰寫豐子愷論文，我開始查閱雜誌。最先看《宇宙風》和《論語》兩套雜誌，待論文寫完了，便按年把二、三十年代的重要雜誌都讀了。因影印費很貴，我手抄所有重點，做了筆記。

黃 **當時香港看不到《宇宙風》雜誌？**

小思 對。當年只有一間香港大學圖書館，我又不能進去。我不知道有沒有。

黃　看您這些筆記，您似乎是一晚看完一本書？

樊　還有時間抄筆記。

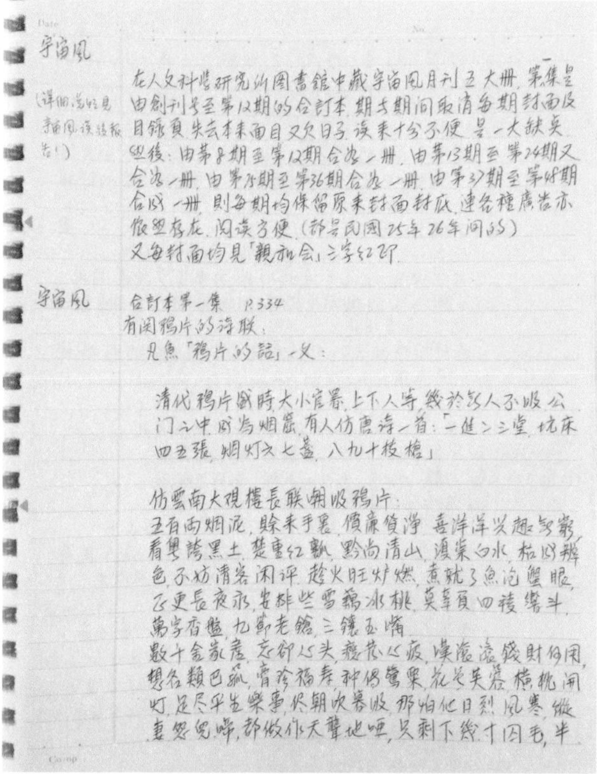

宇宙風

(詳細資料見宇宙風該誌報告!)

在人文科學研究所圖書館中藏宇宙風月刊五大冊，第一集是由創刊号至第12期的合訂本，期與期間取消每期封面及目錄頁，失去本來面目又欠日子，讀來十分不便，是一大缺點。此後：由第8期至第12期合為一冊，由第13期至第24期又合為一冊，由第25期至第36期合為一冊，由第37期至第48期合成一冊，則每期均保留原來封面封底，連各種廣告亦依然存在，閱讀方便。(都是民國25年26年間的)
又每封面均見「親和会」三字紅印。

宇宙風

合訂本第一集　P.334
有関鴉片的詩聯：
凡魚「鴉片的話」一文：

清代鴉片盛時，大小官署，上下人等，幾於無人不吸，公门之中成為烟窟，有人仿唐詩一首：「一進二三堂，坑床四五張，烟灯六七盞，八九十桿槍」

仿雲南大觀樓長聯嘲吸鴉片：
五百两烟泥，賒來手裏，價廉貨淨，喜洋洋兴趣無窮，看粤誇黑土，楚重红瓤，黔尚清山，滇崇白水，相成辨色，不妨清客闲评，趁火旺炉燃，煮就了魚泡蟹眼，乙更長夜永，安排些雪藕冰桃，莫辜負四稜響斗，萬字香盤，九節老鎗，三鑲玉嘴。
數十金家產，忘卻了头，瘾發了疲，嘆滾滾錢財何用，想各類色瓢，膏珍福壽，神仙鴛鴦，花见芙蓉，横枕闲灯，足尽平生樂事，只朝吹暮吸，那怕他日烈風寒，縱妻怨兒啼，都做作天聾地啞，只剩下幾寸囚毛，半

小思在京都一年所整理的關於《宇宙風》的研究筆記。

攝於京都大學人文科學研究所中庭。

黃　**而且筆記裏會記錄另外看了多少文章。這是何時開始有的習慣？**

小思　有嗎？我倒忘記了。

樊　**有，這裏您有記下每一段筆記是何時寫完的。**

黃　**這就證明真是早上借書，晚上就回家看。我想自己人生裏最勤奮的日子也沒有這樣過，慚愧呢。**

小思　這就是我讀書的過程。中午圖書館會閉館一小時，如果沒有閉館時間，我也希望坐在圖書館內看書。

李　**但您總要吃飯的吧？**

小思　當時京都大學的學生飯堂最便宜，要走半小時才能到達。我常常走得很快，為了爭取時間。

我總是很快吃完午飯，因為要去附近的「朋友書店」看書。這間書店專賣日本人研究中國的書。書很貴，我買不起，只去「打書釘」，專門翻看最新出版的書。我在圖書館看的是舊書，在書店裏卻能看到最新的，翻一翻目錄便能知道日本正在研究甚麼新項目，這也讓我眼界大開。原來日本人可以這樣研究中國的。特別是日本人對古典中國文學的研究，資料豐富，書末總含出版索引和年表。看那些年表，可以提綱挈領一目瞭然。當時我節衣縮食，便為了把有用資料影印回來。

二〇〇二年小思重訪京都朋友書店。

李　**京都大學現已變成了旅遊景點。**

小思　是嗎？我見現在的學生飯堂已變成很現代化的餐廳了，當年卻是黑沉沉的，只有一塊餐牌，告訴你今天有甚麼吃。我總是站在餐牌前計算，吃甚麼最便宜，因為我沒有錢。計來計去，最便宜的是一碗白飯加一碗味噌湯。吃了一星期，才覺得也要吃點肉，便叫炸豬排。所以現在有人叫我吃甚麼名店的炸豬排，我總是很怕，因為會想起當時的生活。

黃　**您在京都會自己煮飯？**

小思　晚上一定要的。因為窮，每天都在附近的菜市場買當天最便宜的菜，多是津白。記得師兄陳志誠曾跟我説，可以買「雞骨架」回來煮湯，我便去市場看看，五日元一個。日本人不賣活雞，都是中央屠宰的，預早切好雞肉出售，所以就剩下「雞骨架」，把雞骨和津白煮一鍋，有湯有菜，可吃兩餐。就因為這樣，我身體反變得健康起來。

黃　**圖書館何時關門？**

小思　不記得是五點抑或五點半，但傍晚我都要趕快回宿舍去爭位置煮飯。宿舍只有一個廚房供大家共用，大家都要煮晚飯。

晚上我們要在簿上簽名排隊洗澡。洗澡後就要看看簿上接着的宿友是誰，然後敲門叫她去洗澡。（**黃：這很有趣。**）對，宿舍生活就是這樣。我習慣最早洗澡，因為可以盡快回房看借回來的書。（**黃：大概是甚麼時候？**）大概七點左右我就洗完澡回房看書了。

當時的牀鋪枕被要每個月計錢。除了牀鋪和一桌一椅之外，房裏就沒有其他家具了。東西放在哪裏呢？我會到街市拾來蘋果箱，砌好用來放物品。偶然也會看看電視，因為可以看到當時的社會狀態，就在那時我迷上了「紅白合戰」。（按：日本紅白歌唱大賽）

黃 **那不是一年才一次的嗎？**

小思 年終是決戰。平時會有許多預選，要看歌手入圍多少次來計算排名，到最終才可以參加年終紅白合戰。

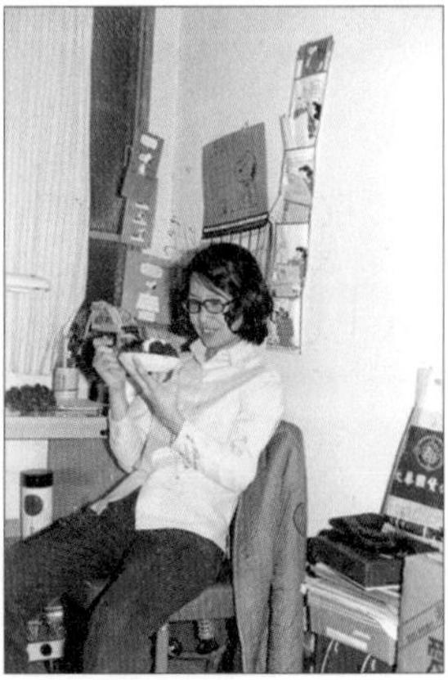

小思在宿舍房間初嘗草莓滋味，當年這麼大盤的草莓只售港幣三元。

樊 **當時您聽得懂嗎？**

小思 不懂。我以為自己可以聽得懂，但原來他們用詞是不一樣的。我一年間講日文最多就是和街市的檔主講買賣，回宿舍後就用那些日文來跟寮母樣（按：看管宿舍的女監護人，「寮」即宿舍）聊天，[4] 她說我講的是「菜市場日語」，沒禮貌，給她罵個半死。（眾笑）

---

4 詳見小思〈寮母樣〉，《星島日報》，一九七五年五月四日。

黃　電視放在公眾地方？

小思　對。寮內的公眾地方有廚房、廁所和客廳，廳內有一台電視機。

李　**老師寫《明報．自由談》時的日本來稿似乎多寫電視節目，您當時會定期看電視節目嗎？**

小思　也不是。不過，除了新聞，愛看電視台專門製作的紀錄片及歌唱節目。他們的紀錄片，實在能令我學習許多知識。那年陳美齡剛紅，另外有幾個台灣歌星，在日本電視節目出現，有親切感，我喜歡看。

李　**我看《自由談》中談及的節目覺得很特別，他們談許多中國歷史與文化[5]。**

小思與寮母樣在宿舍樓下客廳留影。

5　詳見《明報》專欄《自由談》中小思的文章：〈中國西域之旅〉（一九七三年三月廿三日）、〈北京之春〉（一九七三年六月九日）、〈一個節目的特寫〉（一九七三年十月十五日）。

明報週刊 235期. 13-5-73.

在電視中看到的——陳美齡哭了

小思

宿舍的大廳有座電視機。一到晚上，房中沒有私家電視機的人，總愛坐在那兒「泡」。我倒不大「泡」的，因為她們多是在「追看」電視片集，一個晚上就只看幾個片集，未免太浪費時間了，可是，凡有特輯或特訪，我却永不錯過。所以，我可以看到「中國西北邊疆特輯」、「現代中國版畫特輯」、「河南地區解放軍新人訓練」、「猶太人的歷史悲劇與以色列復國」、「東德面貌」、「越南戰地孤兒」、「美國逃兵的生活」等等難忘的實錄。至於其他節目，多是人家熱心給我介紹，我也不妨趁趁熱鬧看而已。這些節目裏面，有令我開心的，也有令我難過的。現在讓我說一宗吧！

陳美齡「相睇」

那天，頭等電視迷跑來對我說：「喂！別錯過，你們的 Agnes Chan今晚上電視啊！」誰是什麼 Chan？還說是「我們的」？搞得一頭霧水，才弄清楚原來是陳美齡。啊！香港來的陳美齡，彷彿來了一個熟人，加上她一向給我的印像是乖乖的、純純的，抱着結他柔柔唱着民歌，偶然，側一側頭，甜笑一下的女孩。當然，不會錯過。準時，我已經在電視機前坐定了。那個節目叫做 Love Love Show。每次，由兩個年齡差不多的歌星或藝員，扮作一對。有點像廣東人口中的「相睇」，男方的家長，往日的老師等人都出席，向女方的家長陳述男孩子怎樣怎樣好，小時候又怎樣怎樣。然後女方家長也說一番，而男女孩子又分別唱幾首歌，最後，便由雙方家長同意他們「成對」了，節目也就完結。

那晚，跟美齡配的是個很受女孩子歡迎的歌星，叫野口五郎，也是乖乖模樣。看他們一對，十六歲、十七歲，還帶着稚氣的羞笑，真看得人滿心歡喜。等男方家長咕哩咕哩說了一大堆話後，該是女方家長說話了。也許，陪美齡出席的依齡沒法作主，電視台安排了給在香港的陳媽媽一個長途電話。

我係尾尾呀！

美齡拿起電話：「喂！媽咪，我係尾尾呀！」嘩，廣東話！廣東話！在日本電視中，我聽到廣東話！「廣東話！」我拼命指住電視機叫。開心得七顛八倒的我，在同宿舍的人眼中，一定有點失去常態，因為她們都在莫名其妙瞪着眼。「喂！媽咪，您好嗎？……我好好。我而家做緊電視節目呀！佢哋介紹個男仔俾我識，問妳好唔好。……哼！依家佢同您講嘢呀！」只見野口五郎傻傻的接過電話，不知如何是好，尷尬地對着美齡笑笑，終於擠出句寒暄的日本話，便趕快把電話交回美齡。美齡甜甜的笑了笑：「媽咪，您唔好收綫，我唱支歌俾您聽呀吓！」於是，音樂響起，美齡唱歌了。……「媽媽，媽媽，我將獻給您如同您給我的一樣……。」對不起，那是首英文歌，不知道是不是這樣譯，因為一方面我聽不大清楚，另一方面我早給閃在美齡眼中的淚光慘得亂了心神。歌唱完了，再拿起電話，只說了一句「媽咪」，她已經哭得說不出別的話來。

幫我多謝各人

我們却聽見遙遙從香港傳來她媽媽的聲音：「幫我多謝各人，你要俾心機做呀！知道嗎？」美齡緊緊咬住下唇，想是要忍住不牽哭出聲音來，但淚實在沒法子忍了，最後，她哭得連鏡頭也不敢擺向她，轉到主持人身上去。由于這突如其來的場面，使主持人有點意外，而坐在電視機旁的我們，也由嘻嘻哈哈變得沉默了。等鏡頭再向住她時，不知誰給她一條手帕，淚還沒有來得及擦乾，又要帶着笑唱另一首歌。唉！假如，你今年十六歲；假如，你剛中學畢業；假如，你剛離開學校，又跑到遙遠的地方來，過着一些與學校生活截然不同的另一種生活；假如，第一次你離開了媽，又再聽到媽的聲音，還有許多許多我沒說出來的假如，我想，你定會哭得比美齡更慘。美齡能幹，可以立刻止了淚便唱歌，但正因如此，才叫人看得更心痛。

俾心機做呀！

現在，美齡在日本很紅，天天可以聽到她唱的「麗春花」，也常常見到她在電視上表演，大概也磨練得不再易哭了。但我只想知道，當她媽媽說：「俾心機做呀」時，這個哭得淒涼的乖女孩，心中正在想些什麼。

小思在京都看了赴日發展的香港歌手陳美齡的節目後，寫下一篇文章，談在異鄉生活的思鄉之情。（《明報週刊》二三五期，一九七三年五月十三日。）

小思　是的，連「九一八」特集也有。這類節目在香港沒有，我在日本所知道的中國比在香港還要多。

黃　**但您不懂得聽日文也能看那些節目嗎？許多人覺得不懂日語便不用看電視。**

小思　一邊聽一邊猜。新聞有畫面看，會猜到多些。

黃　**其實盧老師您是懂得日語的吧？（眾笑）不看電視時就看書和做筆記？**

小思　當時懂一點點。我看一回電視就回房看借回來的書。

樊　**老師會記掛香港的生活嗎？**

小思　偶爾會。在香港我是不喜歡吃月餅的，但那年中秋節前突然想吃，便叫張敏慧買盒月餅，托我任職空姐的學生帶到大阪，再轉到京都，我到京都車站接過。

一盒月餅我只吃了少許，就請宿友吃，日本人很喜歡甜食，於是大家便圍在一起分吃月餅。

你問我是否掛念香港，在那段日子，我似乎惦記中國較多。因為走到某個地方，總會想起：這就是長安、洛陽，就是唐代風貌。當地人有時會問我香港情況，可是我卻說不上甚麼，這使我回來後，多看了許多關於香港歷史的文章。

京都行腳：散步的實踐

黃 **您在文章中也常常提到在京都玩樂，例如您訪問松尾芭蕉的後人、到道場坐禪[6]，究竟是怎樣才能有這些特別的經歷呢？**

小思 這件事我常感到抱歉，因為我一直記不起一位年輕日本男士的名字，也忘了是誰介紹我認識的，只記得他姓服部，全名我就記不起了。京都有時有節，這一年他主動帶我去遊歷京都最好的地方，看各種「祭」。例如平安神宮的薪能、鞍馬寺的伐竹祭，壬生寺的

6 小思：〈本來這個不須尋〉，《星島日報》，一九七五年五月廿一日。

狂言、去落柿舍訪問松尾芭蕉後人，就是他帶我去的。連初穿和服，也是他帶我去他家的百年吳服老店見識的。

他是京都吳服店世家子弟，溫文有禮。

黃 **原來您認識了一個京都富二代，還整年帶您四處遊玩，感覺真像韓國偶像劇的情節啊！**

（眾笑）

小思 假如像韓劇，按道理應該發展成愛情吧？但並沒有。相信這位男士很想多認識中國事物，可惜語言隔閡，我無法讓他知道更多，但他總是很熱心的告訴我日本風俗。

黃 **老師有與他保留較長久的友誼嗎？**

小思 很奇怪，竟然沒有。

黃 **可憐他明明與您遊山玩水了一年之久……（眾笑）**

小思 的確奇怪，一般人到異地都會認識許多不同的朋友，但不記得也是沒辦法。哈！就算發展下去，也只是一瓦之緣罷了。

除了服部先生帶我去遊京都外，我還會自己找地方去逛。我有個習慣，一早回到京都大學人文科學研究所，圖書館未開門，我便在樓下大廳看報紙。日本報紙上總有一欄開列今天或明天舉行的節慶活動或文化新聞。我就會按指引，不放過任何可觀可遊的節目。特別曾依川端康城《古都》中女主角一年四季所到不同的地方去遊遍京都名所，「文學散步」的概念，也得到實踐。

黃 京都有許多祭典。

小思 的確很多。我曾經聽一位京都人說，即使在京都住上一輩子，也未必能把京都名所走遍，也無法看完所有祭典。他驚訝我怎會一年走過那麼多地方。

另外，星期日圖書館不開放，我便用一星期節衣縮食省下來的錢，跟宿友林月先坐車到處浪遊。她是台灣人，在京大讀藝術系。我們走到哪裏都可隨便坐下來，看透春花秋月，這樣便過一天。這是令我脱胎換骨的另一重要因素。

京都文化財產：藏書和文庫

黃 您在散文中提及過京都大學的藏書室有七十四所，我想這藏書室並非指圖書館吧？

小思 這是文庫。日本各大學圖書館、研究所都有許多文庫。

黃 所謂文庫，就是將一個人捐贈的書全數放在同一個地方嗎？香港的圖書館好像不會以捐贈者為單位去建立文庫。

樊 我不清楚，但北京大學也有類似的做法。他們將某位學者捐出來的書全放在某一個室內。

小思 日本圖書館的習慣是：一個人捐書後，從不打散書籍原本的排列，便開設特別藏室存放他捐贈的書籍，成為一個冠名文庫。

樊 這似乎只有日本人才能做到。這樣查書似乎也不太方便，有點像以前的中大，要往崇基、聯合、新亞三間圖書館才能找齊需要借閱的書。

京都大學。(攝於一九七三年冬)

京都大學人文科學研究所正門。

小思 不會不方便，有目錄可查。他日要查我藏的舊教科書，在香港中央圖書館「盧瑋鑾文庫目錄」即可全觀。

黃 **我還是不太明白「文庫」的意思。例如新潮社的「新潮文庫」以出版社為單位，一個人的藏書室又是文庫，中大圖書館的一個角落也能稱之為文庫。**

小思　你說新潮社出版的「新潮文庫」是指出版社專門出版某種型態的叢書的總名，是新書。台灣、香港或叫文叢。

日本叫文庫的，除了出版社設的叢書類冠名某某文庫外，還有特指某個人的專藏。京大著名文庫有松本文庫、內藤文庫、矢野文庫，都是京大著名教授捐贈，是一流善本、專業研究參考用書。拆散重編上架，就失去意義。這幾個文庫可能比不上東京的靜嘉堂文庫，因這個文庫在清末購入了中國藏書家陸心源的「皕宋樓」所藏宋元版刻本和名人手抄本等稀世版本，成為靜嘉堂文庫的鎮庫藏書。

李　**所以文庫是個人的？**

小思　文庫都是個人的。例如三十年代日本駐外記者松村太郎在東洋文庫設立之初，就曾幫忙搜集漢籍、地方誌、族譜、《明實錄》等等。他在一九四〇年返國，一九四三年將數千冊有關近代中國的書籍、雜誌捐贈給東洋文庫。

黃　**那時的記者這麼有錢買書嗎？**

小思 據説當年日本政府會給官派留學生許多錢專買中國書回國的。我想當時的外派記者也會肩負起搜集某些資料的任務。

黃 **現在的老師捐書可能有許多情況，例如退休教授因不想在家中放置太多書便全部捐出，這種情況圖書館不一定接收。您的情況很特別，我知道您在買書的時候總是帶着很大的熱情，但原來您早決定將自己的書全數捐贈？**

小思 對。因為那都是我朝準研究香港文學目標買的書刊資料文獻，非常集中專業。能為香港文學研究者所用，是我心願。

黃 **您怎捨得呢？甚麼時候讓您有這樣的想法？**

小思 「捨」是很重要，同時是很艱難的。我很能捨去自己喜歡的事物，你看看豐子愷先生的酒杯。那杯子跟隨他多年，他去世後，豐太太把它送給我。落在這麼喜歡豐子愷先生的我手中，我自是喜歡。但是，我的考慮是，自己最喜歡

送回緣緣堂的豐子愷小酒杯。

的、最重要的物件，應該安置在最適合的地方。故當石門灣緣緣堂重建完成，我便把杯子送回去，不再屬於我。讓去緣緣堂的參觀者都見到它，這就是最適合的地方。我的「捨」，就成全了它。

日近長安遠：知彼與危懼

黃　**楊老師開首提到「一瓦之緣」的文化交流一面，我覺得甚有意思。您寫京都，既是個人最真切的生命情調之體會、學問的啟迪，但同時亦時見宏觀的中日文化思考交流。在您寫京都的散文裏，讓我們印象最深的恐怕是〈蟬白〉、〈日近長安遠〉、〈京都短歌〉、〈不追記那早晨，推窗初見雪〉等比較個人內省以至深情的幾篇，但在二〇一六年的《一瓦之緣》裏，說是一部關於日本的散文集，卻竟然不再收入這些文章。您是刻意放下個人感性，希望在這本結集內更客觀地思考嗎？為甚麼？**

小思　我想《一瓦之緣》含意已不單指向中日文化交流了。作為曾經歷中日八年抗戰的中國人，左舜生先生的提醒，至今適用，而且愈來愈急切反省。

大和民族的優劣兩面是截然兩分的，要理解、要借鑒，也得情理截然兩分。情容易表達，理則必須冷觀。此書我是想做到情理截然兩分的。

楊 **我看《一瓦之緣》不只是「放下個人感性」，更是直面小思人生中的一切中日因緣。從「日近長安遠」複影疊形的盛唐想像，到今天小思依然念茲在茲的日本軍國主義陰魂，糾結很深。青龍寺一瓦之緣是如此無私而美好，但往後馬上就轉入一系列關於日本人參拜靖國神社的文化觀察。這些文章有寫於八十年代、九十年代、千禧之後，以至你最近加入的「多說幾句」，都有一種「激動」，也就如這一輯文章的標題所言，處處在想：「怎麼辦？」**

但老實說，眼看今天日本國內新一代的面貌，以及世界各國互相制衡的政治架構，我個人是很難相信日本可以再有統領「大東亞共榮圈」的想法與能力的。看你寫《激動之昭和半世紀史料》，我不怕讓你生氣地問一句，犯得着這麼激動嗎？[7]這激動或危懼之情，到底何來？

7 在〈靖國神社內外（一九九二）〉的「多說幾句」欄目中，小思這樣描寫自己遇上《激動之昭和半世紀史料》時的心理反應：「激動！誰該激動？我記得在東京書店中初翻閱時，就告訴自己：千萬別激動。繼以冒了汗的手去掏腰包，拿錢付款買下日本出版的地圖。」，詳見《一瓦之緣》，香港：中和出版有限公司，二〇一六年，頁43。

小思　謝謝你為我解讀了《一瓦之緣》的核心想法，同時代我回答了念欣的問題。

你說得對，今天國際政治形勢，變化莫測，誰大誰小，誰強誰弱，沒有最可靠的評估。日本夾縫處世，的確不易再有統領「大東亞共榮圈」之夢。但近代日本一直在「興亞」、「脱亞」、「返亞」的路上徘徊，尋求自身定位。中國弱，是可欺；中國強，是可懼。可欺可懼的心理狀態，都足使日本做出不利中國的行為。

二〇一六年三月廿九日，日本首相安倍晉三實施新安保法，正式解禁集體自衛權，可派遣軍隊到任何國家去。這是值得注意的！曾任日本外務省國際情報局局長的孫崎享在《戰後史の正體》（中譯改名《日美同盟真相》）一書中說：「如何在『自主』路線和『對美追隨』路線之間尋找到最佳答案，是今後對日本人的考驗。」而他更強調日本「與美國的關係，總在隨着情況的變化而變化」。無論「自主」還是「對美追隨」，對中國都會野心再生。我激動危懼之情，是這樣來的。

黃　**盧老師您有看到今屆奧運閉幕時東京二〇二〇奧運的交接儀式和宣傳短片嗎？安倍晉三竟然可以化身馬里奧（Mario）出場，並以一眾流行文化產物，如電玩、動漫，叮噹（多啦A夢）、足球小將等展現東京都會之動感，傳統的古都神社、四時景物、東方美學和禪意，全都不見了。這樣的日本進一步讓我們忘記歷史中原有的戒慎恐懼，您看東京二〇二〇奧運又會想起甚麼？我很期待您的看法。**

小思　真好！有此一問。這正正表現了大和民族的情理截然兩分的好例子。「傳統的古都神社、四時景物、東方美學和禪意」等等都是屬於日本人自己的，乃「情」之所牽繫。「幽玄」、「物哀」、「曖昧」，真正瞭解的只有日本人自己。一九六八年川端康成諾貝爾文學獎的得獎感言《我在美麗的日本》，外國人能完全明白他在說甚麼，我相信沒有多少個。

日本人對這屬於自己的寶，並不真的想向外人推銷。日本民族學學者梅棹忠夫在他的名著《梅棹忠夫の京都案內》（中譯改名《民族學家的京都導覽》）中曾大力向京都市觀光局提出應「為京都的文化築起一道防波堤，遏止流俗的大眾化觀光主義進入京都裏頭橫行霸道」，反映典型日本人的內斂深藏。

可是「一眾流行文化產物，如電玩、動漫，叮噹、足球小將等」就是向外國宣傳、推銷、賺錢的工具——當然對本國同胞也有作用。一切利之所在，也是理之所在。動漫、電玩，推向外國，基本人人不學而能，又易深入人心。

宣傳二〇二〇奧運，一切在利，即一切在理。你說日本人該亮甚麼東西出來？聰明的日本人難道還推銷毫無動感、慢吞吞的茶道、坐禪、花道、能劇嗎？

楊　**但話說回來，讀《一瓦之緣》也能見出另一種的豐富。不看還不知道你那麼會看日劇、日本電影，會買日本精品、逛街市，還多年追蹤政治人物參拜靖國神社的新聞。在一片**

「哈日」、「潮玩日本」以至尋找「小確幸」的潮流中，你如何看日本這個民族，對今天的我們、對香港和中國，又帶來怎樣的啟示？

小思　你這樣說，我就得多說幾句了。

我最早讀日本歷史的經歷，是敦梅小學時期。莫儉溥校長請中文老師把黃遵憲的一首古詩〈哀旅順〉抄在黑板上，要我們抄下來背。很深的字，很不順口，很難唸，小學生也不懂它意思。到今天我只記得「一朝瓦解成劫灰，聞道敵軍蹈背來」兩句。老師說甲午戰爭中國就輸給日本人了。

到大學畢業後，追隨左舜生老師聽中國近代史，他要我讀蔣百里的兩本書：《國防論》及《日本人——一個外國人的研究》。《國防論》很專業，讀得吃力，可是《日本人——一個外國人的研究》卻很易吸收，對我影響也大。中日抗戰期間，一位在日本受軍事訓練的軍人，一個娶了日本人為妻的中國人，坦然講出日本許多優劣點，在此書最後一段〈這本書的故事〉中，借在德國柏林遇上如仙人般老翁的口，說出中國應有態度是：「勝也罷，敗也罷，就是不要同他講和！」作全書結語。當時讀得我熱血沸騰。

往後我在京都開始大量閱讀「中國人筆下的日本」書刊，黃遵憲、王韜、戴季陶、周作人、王芸生……都讓我知得多些。還有就是對日本漫畫的好奇。在公車上，總見不分男女老幼，多人手一冊漫畫，埋頭細看。我不禁追查一下，果然是漫畫大國。特別是築摩書房大手筆出全集、漫畫家集、專題漫畫集，數不勝數。我感到此時不買，過後未必買到，咬緊牙關買下幾種。這些是研究日本的另類有用材料，沒多少人提起，怕只怕香港各大學圖書館都不屑收藏，他日它們無處棲身。

回到香港後，我基本上多追讀有關日本的資料，特別近十多年，海峽兩岸翻譯日文書刊愈來愈多，而中國人講日本的作品也多了，我是不理優劣都會讀讀。

你說我「會看日劇、日本電影」，其實近期我看得最多的是清末日本留學生、外交人員的中國遊記和箚記。你說我「會買日本精品」，我最近買的是第二次世界大戰前後日本的時事雜誌、圖片、廣告，真是資料精品。

你問我「如何看日本這個民族，對今天的我們、對香港和中國，又帶來怎樣的啟示」，我仍然相信左舜生老師的話：「日本是個可怕、可敬的民族。」今天我們必須自強不息，知己知彼，好自為之。

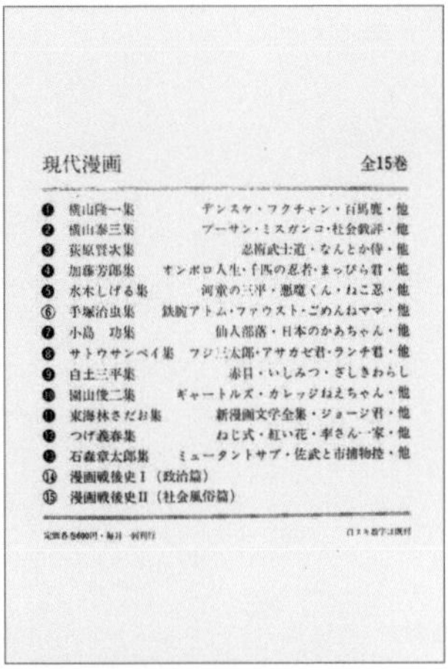

現代漫画　全15巻

❶	横山隆一集	デンスケ・フクチャン・百馬鹿・他
❷	横山泰三集	プーサン・ミスガンコ・社会戯評・他
❸	荻原賢次集	忍術武士道・なんとか侍・他
❹	加藤芳郎集	オンボロ人生・千匹の忍者・まっぴら君・他
❺	水木しげる集	河童の三平・悪魔くん・ねこ忍・他
⑥	手塚治虫集	鉄腕アトム・ファウスト・ごめんねママ・他
❼	小島　功集	仙人部落・日本のかあちゃん・他
❽	サトウサンペイ集	フジ三太郎・アサカゼ君・ランチ君・他
❾	白土三平集	赤目・いしみつ・ざしきわらし
❿	園山俊二集	ギャートルズ・カレッジねえちゃん・他
⓫	東海林さだお集	新漫画文学全集・ジョージ君・他
⓬	つげ義春集	ねじ式・紅い花・李さん一家・他
⓭	石森章太郎集	ミュータントサブ・佐武と市捕物控・他
⑭	漫画戦後史 I（政治篇）	
⑮	漫画戦後史 II（社会風俗篇）	

定価各巻600円・毎月一冊刊行　　[illegible]

築摩書房出版的現代漫畫系列。

《漫畫戰後史 I》封面。

願為造磚者

「這是弘一法師李叔同之句，你把它放在『盧瑋鑾教授所藏香港文學檔案』網頁之首，……一句『豈無佳色在』，更見你對香港文學身世的肯定和珍惜，我覺得很有意思。你既為種花人，怎麼又在另一篇文章〈造磚者言〉裏自言是為文學與歷史製造一磚一瓦的『造磚者』呢？『造磚』很辛苦啊，那和『種花』是同一回事嗎？」

「種花與造磚，如要認真用心，同是一回事。……而造磚者，更對未來會成何種建築，一無所知。……造磚講求質地優良結實。他日良工用它，自會按建築所需尺寸敲取長、闊、高，這與造磚者無干。我造磚，無所謂靚不靚。全放在眼前，只看它是否遇上良工。」

楊：楊鍾基教授　潘：黃潘明珠女士　樊：樊善標教授　黃：黃念欣教授

「造磚」與「拾荒」

楊　你對香港文學研究的貢獻，早已廣為學界肯定，許多學者的論文和你個人的著作已是明證。我非專研香港文學，卻對你作為學者的身份與自我定位甚有興趣。你的大部分檔案材料與珍稀書刊早已捐贈予圖書館供人閱覽，我先不問資料的問題，我想問你如何看待你的研究工作。

「我到為種植，我行花未開。豈無佳色在，留待後人來。」這是弘一法師李叔同之句，你把它放在「盧瑋鑾教授所藏香港文學檔案」網頁之首，也就是俗語所云「前人種樹，後人乘涼」之意吧？不過一句「豈無佳色在」，更見你對香港文學身世的肯定和珍惜，我覺得很有意思。你既為種花人，怎麼又在另一篇文章〈造磚者言〉裏自言是為文學與歷史製造一磚一瓦的「造磚者」呢？「造磚」很辛苦啊，那和「種花」是同一回事嗎？這個意象是怎樣想出來的？我不相信你是隨意打譬喻的人。

小思 種花與造磚，如要認真用心，同是一回事。最近看到北野武訪問佐野藤右衛門第十六代，這位專業栽培名種櫻花的京都園藝家深情對着一株珍貴小苗說：「我看不到它的花是怎樣的。」因那小苗要五十年後才開花。而造磚者，更對未來會成何種建築，一無所知。

楊 **既然有造磚這個比喻，我就要深究下去了。一個造磚者，會對將要建成的大廈一無所知嗎？磚的長、闊、高、硬度、物料，都與將來的建築物相關。我直接點問一句：一直以來，你認為自己造得最「靚」、最滿意的磚是哪一種？《香港文縱》？《香港的憂鬱》和《香港散文選》的編選？還是近年的口述歷史計劃《香港文化眾聲道》？卡片和檔案又算不算？**

小思 造磚講求質地優良結實。他日良工用它，自會按建築所需尺寸敲取長、闊、高，這與造磚者無干。我造磚，無所謂靚不靚。全放在眼前，只看它是否遇上良工。

楊 **這個比喻一直引申下去，做學問就要有人造磚、建屋、設計藍圖吧？今天如有熱愛香港文學的年輕人跟你說要加入造磚的行列，你會有甚麼勸諭？又或有新一代的建屋人、繪圖人要向你「借磚」，你認為他們拿起來就會用嗎？**

小思 造磚者不要有派系性，不要有私心。新一代建屋人繪圖人必須培養自己是個有心有力的良工，不是向我「借磚」，而是判斷應用甚麼尺寸的磚，拿起來就會用。

楊 **待得你好好解釋了「造磚者」的意義，又有研究者說你搜集文學資料的行為像「拾荒者」了。我覺得這個形象更有意思了！**

黃 **「拾荒者」(Rag picker) 是黃子平教授提出的，借用德國文化哲學家本雅明（Walter Benjamin）的一個譬喻。他認為詩人也好，文化人也好，都在「拾荒」——「拯救一切被歷史遺棄的物件」。老師您有這樣的「拯救」意識嗎？最難忘的一次「拯救工程」是甚麼？**

小思 「拯救一切被歷史遺棄的物件」，其實也應是保存逝去人的經歷或心血。我有極強烈的拯救意識。每淘到一件罕見的文獻、物品或人物心血所托付的東西，都感激，都難忘。不過，被歷史或人類遺忘的東西太多了，能否

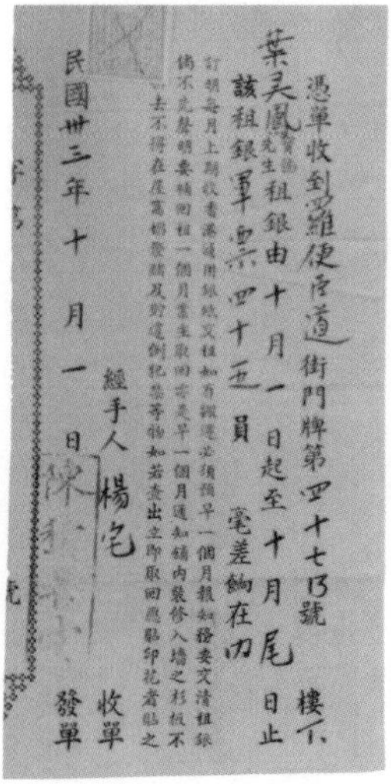
憑單收到羅便臣道街門牌第四十七巧號 樓下
葉靈鳳先生租銀由十月一日起至十月尾日止
該租銀軍票四十五員 毫差餉在內
經手人 楊乜 收單
民國卅三年十月一日 發單

小思購藏之寫上葉靈鳳名字的租單。

獲拯救，有時也得講命數和緣分。舉個例說說：唐卓敏醫生是中國、香港歷史文物的收藏家，他編著的《淒風苦雨——從文物看日佔香港》，豐富的文件、照片原貌，補充了當年報刊及文字紀錄的缺失。其中有一張香港淪陷時期學校向學生增收學費通告，研究日佔時期社會的人，從這張通告所顯示，可以得悉一九四四年香港民生如何困苦、當局停止配米、有多少間私立學校、學費多少等情況。但這對我卻另有一重要意義。原來唐醫生購得的通告，同時是一家學校蓋章的增收學費收據。上面寫了三個交費學生的姓名：葉中凱、葉中健、葉中絢，正是著名作家葉靈鳳兒女的名字。此文件與我購藏寫上葉靈鳳名字的租單同年份而只相差一個月。對正在做箋註《葉靈鳳日記》的我來說，實在難忘。

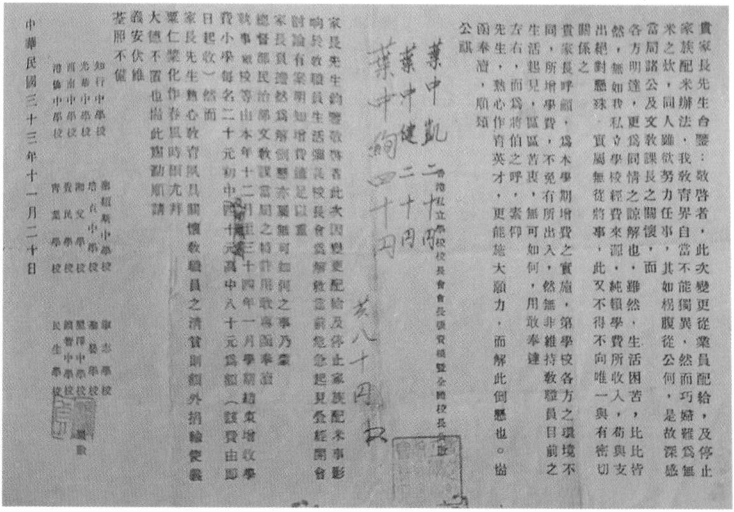
貴家長先生台鑒：敬啓者，此次變更從業員配給，及停止家族配米辦法，我教育界自當不能獨異，然而巧婦難為無米之炊，同人雖欲努力任事，其如枵腹從公何，是故深感當局諸公，及文教課長之關懷，而各方明達，更為同情之諒解也，雖然，生活困苦，比比皆然，無如我私立學校經費來源，純賴學費所收入，苟與支出絕對懸殊，實屬無從措事，此又不得不向唯一與有密切關係之
貴家長呼籲，為本學期增費之實施，第學校各方之環境不同，所增學費，不免有所出入，然無非維持教職員目前之生活起見，區區苦衷，無可如何，用敢奉達左右，而為將伯之呼，素仰
先生熱心作育英才，更能施大願力，而解此倒懸也。協函奉澹，順頌
公祺
香港私立學校校長會會長[illegible]暨全體校長合啟
家長先生鈞鑒敬啓者此次因變更配給及停止家族配米事影響於教職員生活彌甚校長會為解救當前危急起見[illegible]開會討論有案明知增費誠足以重
家長負擔然為解倒懸亦屬無可如何之事乃稟
總督部民治部文教課當局之特許用敢專函奉達
執事敝校等由本年十二月至三十四年一月學期結束增收學費小學每名二十元初中四十元高中八十元為額（該費由即日起收）然而
家長先生熱心教育夙具關懷教職員之清貧則額外捐輸[illegible]
舉仁漿化作春風時聞九拜
大德不置也[illegible]此奉勸順請
義安伏維
荃照不備
知行中學校　光華中學校　嶺南中學校　港僑中學校
[illegible]
中華民國三十三年十一月二十日

香港在日治時期的增收學費收據及增收學費通告。

至於我在垃圾站找到一大紙箱罕見書本，那更是我遇上的傳奇，藏書朋友津津樂道的故事了。

黃 這些一次一次的「拯救」，最後又如何構成系統？記得黃子平教授在文章裏提到，本雅明與您有相似之處，但他不講究系統，您即馬上補充說，您藏書與做檔案一定要有系統及分類。

小思 藏書與做檔案要有系統及分類，是為了方便自己研究。但造磚者則需要提供用磚人各式不同質地大小的磚，這有別於單為自己研究而設。資料複雜而多樣，更需要有系統分類，以便用家。凡認真投入的收藏者，必有無限熱情與耐力，為自己、為他日用家方便，毫無疑問，必須系統整理。

黃 但我覺得還是殊途同歸的。本雅明承認他的收藏不如官方資料庫或檔案局「有系統、有效率、全面、客觀」，但他的檔案最大特色不是有沒有系統，而是「能夠展現收藏者的熱情」。您的收藏也常見個性與感情。例如您提及過，以個人名義捐贈圖書館的文庫，最好不要按常見的美國國會圖書館分類法打散。

可惜我們大都未有機會參觀您以前的書架，今天想問一個實例問題，比方說，在您原來的書架系統中，蕭紅的《呼蘭河傳》會放在哪裏？旁邊的書是甚麼？會跟蕭軍或端木蕻良的書放在一起嗎？呼蘭地方誌呢？

小思 研究者個人藏書，必依個人心中重點來設定安放方式。只看他個人的書架，未必完全掌握他的研究系統路數。例如《呼蘭河傳》，我當然放在蕭紅作品架上，蕭紅研究專書、各種蕭紅傳記、連同蕭軍蕭紅書信集都放在一起。而單篇有關蕭紅的文章，有些入檔案夾，更多是抄入卡片存放。

現在我藏的書，仍有部分以出版社分類的，但因再無當年書室有特設書架的分類方便，已經無法系統編排了。

黃 **本雅明所謂「收藏者的熱情」，往往能夠因累積而帶動思考與生命，像礦藏一樣，可再生出新的能源，「是點燃課題（topicality）、保存作家個人特色，主觀、充滿空隙又是非官方的」。我覺得這是很恰切的比喻，也是我去年參與籌備《曲水回眸：小思眼中的香港》展覽時感受最深的。展出的物品雖然只是冰山一角，但蘊藏豐富能量。**

舉例來說，這個展覽所呈現的香港是難以用「殖民」、「本土」、「中華」、「左右派」這些標籤去概括的，幾個身份就是如此交織着——看完一個展示熱血青年刊物

《島上》、《鐵馬》的展櫃，轉過另一頭就是整套的三毫子小說《二世祖手記》；看到日治時期報刊的統一口徑與高壓氣氛，轉過另一面又見五十年代小報的諧趣與香豔，小市民的歌舞昇平。而這些報刊的夾縫中，還細細記着一代文人寄生香江的足跡。這只是眾多觀察之一，還有許多許多題目，政治的、文學的……

小思

在報刊上呈現的香港文學、文化面貌，基本必然具備「殖民」、「本土」、「中華」三大部分。不過，要注意的是時代不同，「左右派」立場各異，對文學的取態又會各取所需，用語含意即要分清楚。我的檔案分類不會用上「殖民」、「本土」、「中華」這些詞。因為五十年代以前，不流行這些用語。特別注意「左右派」的用語要分得清楚，例如文學，左派用「大眾文學」，說的是指工農兵等大眾能接受的文學，有時也用「通俗」一詞。但右派用了「通俗」與「純文學」分類後，「通俗」往往帶點貶義，與優雅、深奧相反。

岔開一筆，講一件小事，八十年代初——請注意是八十年代初——香港主辦了不少中港兩地的文學研討會。有一次，會上談及「通俗文學」，港方有人以為是指三毫子小說那種文學，就說不值得研究。此話一出，在座的內地學者立刻色變反駁，要主持人解釋一番，才冰釋誤會。左派不講「本土」，早期提的是「鄉土文學」、「方言文學」。香港偶然提及某些作品是「鄉土文學」，也惹來論爭。

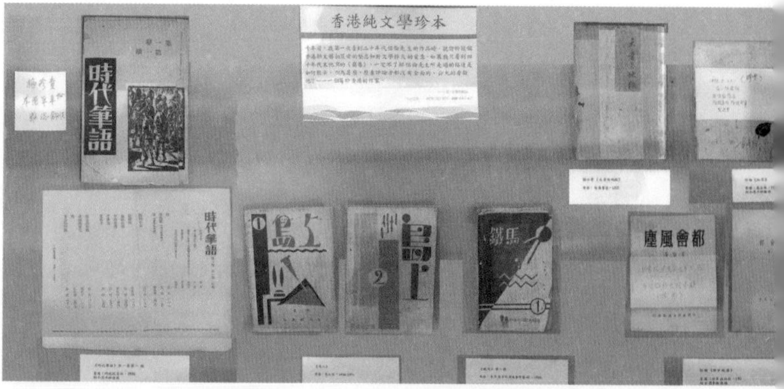

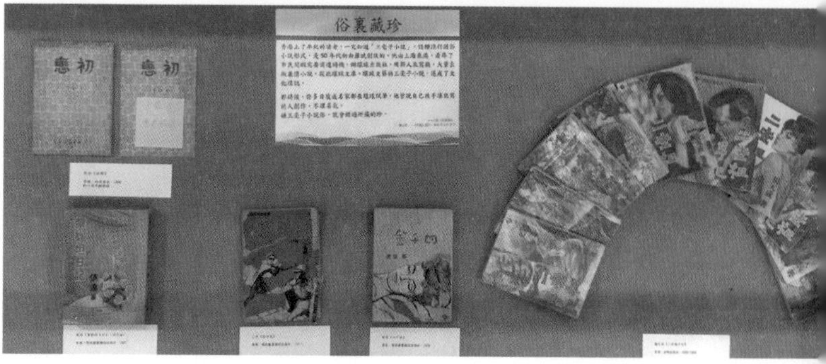

在《曲水回眸——小思眼中的香港》展覽（二〇一六年）中，一邊廂是熱血的青年刊物（上圖），另一邊廂是通俗諧趣的三毫子小說（下圖），相映成趣，可見小思收藏涉獵的範圍廣泛全面。

由於不同時代的香港報刊立場不同，採詞紛紜，反映較接近香港文學的真實生態狀況，我們用起來要格外小心。看我的檔案分類與設定標題，多是按當時用詞細分的。

楊 **你這樣收藏與整理資料，與你的性格有關嗎？**

小思 有些人喜歡看大題目、長文章，但我卻從不放過那些細碎的資料。例如，我還收藏了「廣告」、「訃文」、「聲明」……。別小看訃文，特別如名人之治喪委員會名單，人的身份立場顯而易見。「聲明」的咬文嚼字、聯署人名，都可顯示許多微妙關聯。

楊　**蒐集三十年間的資料亦非易事，你是如何整理出系統的呢？**

小思　我在整理一份資料的同時，可能聯想到好幾個範圍，就像是腦海裏已有一格格抽屜般，看到某些相關的內容便放進去。除了細讀資料內容以外，我會網狀蒐集、整體思考。如你們提問一個人，我馬上便能從腦中的櫃子裏抽出相關卡片。

因此做資料蒐集及整理，記憶力聯想力必須很強。例如有位老共產黨員叫陳翰笙，記憶中他只在一九三九年來過香港辦了份英文半月刊《遠東通訊》，好像沒有甚麼文化活動。但我仍買了二〇一二年出版，很冷門的《四個時代的我——陳翰笙回憶錄》一書，一讀才發現許多地下活動的關連人物資料，例如潘漢年、何明華，於是又增添了網狀連線點。

楊　**看來卡片實在很方便。我現在也會使用卡片，閱讀時突然想到些點子，便馬上找卡片記下來。卡片累積到一定的數量，我便將它們分類，一部分是資料性的、一部分是聯想**

的，會有幾種不同的卡片。你抄下那麼多珍貴的卡片，能開啟萬千研究法門，我認為應該掃瞄、存檔，讓大家都能讀到。

黃 許多檔案已經捐贈給中大圖書館甚至製成電子版供瀏覽使用，但使用卡片的技術可能較難掌握。盧老師能否跟我們示範一下抄卡片及歸檔的技術？

小思 用文字說明抄卡片及歸檔的技術，很難講得清楚。不過，抄卡片肯定是笨功夫。例如一九三九年十月「魯迅逝世三週年紀念在香港」一項卡片，就包含活動前後及當日見諸報刊的一切消息、紀錄、特輯、專號、文章、照片、畫作等等，這些資料均抄置於「魯迅逝世三週年紀念」一項的卡片中。由於籌組團體眾多，我又為各團體項各抄一卡。紀念座談會共二十一人出席，我就逐一抄卡分置各人名下，又為每篇文章的作者各抄一卡，

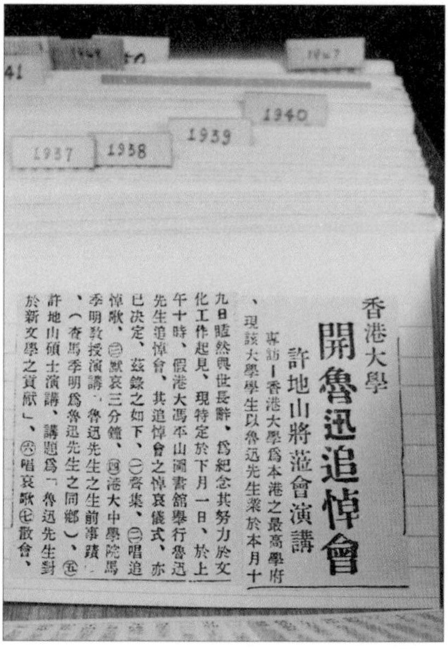

記錄了魯迅紀念活動的卡片。

甚至「廣州復旦中學香港校」舉辦魯迅紀念展覽會的消息，我都剪存了。任何一項都可從卡片見資料出處。

楊 **這些做卡片的方法你有沒有發表過？**

小思 沒有寫過。你找天來看看我的卡片，就知道那些卡片其實只是方便我自己看的，所以卡上有符號，有時有剪貼，後面又有字，很難叫別人來整理。現在我也很擔心「檔案」會誤導後來的用者，（按：「盧瑋鑾教授所藏香港文學檔案」）因為它的內容，比我卡片所記的資料少許多。

另外還有一問題，有些人看公開檔案時或會問，檔案專研二十年代至五十年代初期香港文學活動及人物資料，何故其中又夾雜了近期文化人資料？而且這些資料很單薄，例如戴天、蔡炎培。由於那檔案沒有凡例說明，易惹誤會，我還是借機在此說清楚：我看到報刊上面有關任何文化人的資料，都會「順手」剪下來分檔，那不過是不想浪費而已，故內容絕對單薄，不能作準。

楊 **看來造磚還是要有傳人，五十年代以後的資料要有人不斷完善。**

黃 **我看「香港文學資料庫」，二〇〇〇年後仍不斷有新文章加入，聽香港文學研究中心的助理說，是盧老師您平日看報紙見到相關文章，直接打電話叫他們收入的。您不但當年分身有術，到現在還是可以一心多用，研究、寫作、閱讀不輟。**

小思 我也覺得自己當年很厲害，怎能有時間既看報紙，又剪報，再整理。不過，後來也有朋友、學生代我分擔了剪貼抄卡的工作，很感謝她們。

樊 **後來因為有了WiseNews（電子剪報），一九九三年以後的香港報刊文章都有全文檢索，省卻了許多麻煩，但這系統不能分類，也無法檢視報紙原先的版面設計和資料，只有文字的電子檔。所以若沒有您繼續剪報的習慣，剪報的功夫便幾近失傳了。**

楊 **你對蒐集資料的興趣，除了興趣使然，有沒有甚麼發端？**

小思 說到「發端」，應從童年講起。父親母親都喜看報剪報。未進小學，我在家工作之一，就是負責剪貼父母指定的報上有剔記號的部分。唸小學六年級時，遇上教社會常識的中文老師，規定每人每學期要交一本時事剪貼簿，那就養成系統主題剪報習慣了。我初教中學時要兼教經濟及公眾事務科，也要學生交時事剪貼簿，到今天還有學生記得這件苦差。

至於對從前香港歷史、文學的資料蒐集，得從我到日本京都大學那一年講起。日本研究員知道我從香港來，追問許多香港歷史事件，我卻無法詳細回話，因為學校沒設香港歷史科，我們也從不關心。羞愧感油然而生。回港後，恰逢香港大學歷史系教授霍啟昌、冼玉儀等正在蒐集香港社會經濟史，並在校外課程中開講，希望引起大家的關注。我前往聽課，發現他們從報紙中找到許多材料，我追問有沒有文學方面的資料，記得當時霍啟昌回答說，他們不是研究文學的，所以不會整理。這句話對我刺激很大，覺得自己不如也學他們一樣，做香港文學資料蒐集。

中華基督教青年會大門內，有當年捐獻建築費人士或社團名字的石刻。捐獻者名單上的盧頌舉原來就是小思祖父。

位於上環必列者士街的中華基督教青年會，魯迅於一九二七年曾在這裏演講。現址設有庇護工場和宿舍。

這也促成了我進入香港大學讀研究院——當時教中學，有沒有碩士學位不重要，報讀只為了合法地出入港大圖書館，像他們一樣從報紙上獲取海量的資料。起初翻閱時一直沒發現文學資料。不過，翻閱舊報刊，才發現自己對身處的香港的前世今生，原來那麼無知。正因無知，再加上有些事物又彷彿知道，例如魯迅曾演講過的青年會，如今還在，追查一下，發現祖父盧頌舉在捐建人名單內（見右頁圖），就燃起求知欲望，興趣愈來愈高漲，真欲罷不能，要追看尋找整個香港身世。

後來，在文化活動新聞、文藝副刊中，漸漸看到許多熟悉的名字，魯迅、許地山、茅盾、戴望舒、蕭紅、端木蕻良……。我說自己無知，是因為我根本不知道有甚麼作家到過香港，但慢慢尋源順向就找到無數中國文化人在香港的活動資料，開啟了所謂研究香港文學之門。在這裏我說「所謂」是很重要的，因為那時還不是一項文學研究，只是資料蒐集的初程而已。

楊　**那麼，蒐集資料為何要查找舊報紙？沒有相關的書籍嗎？**

小思　當時沒有。因為從來沒有人重視過香港文學，你看人人那麼「順口」說「香港是文化沙漠」就知道了。好像香港本來就一無所有，那我應該看甚麼呢？於是唯一的方法便是從原生態呈現的地方——舊書、舊雜誌、舊報紙——找尋資料。正因為這個特殊狀況，我便走進收藏的課題，一個研究者是無法單靠圖書館隨手拿到的相應資料，就可展開研究的。

到了八十年代，內地改革開放，無數文化人開始在政策較寬鬆的情況下，寫出回憶文章，這讓我方便尋源順向，找較深入的資料，於是發展成我訪問來過香港的文化人這一個重要環節。眾多回憶錄出版，擴大了蒐集網，要買的新出版物也多了。

可是，八十年代至九十年代，香港文學研究，忽然成為內地火紅的研究課題，紛紛揚揚的論文、香港文學史出版物眾多，較認真的、奇談怪論的，令我眼花繚亂。有些人沒有掌握好歷史資料及原始文獻，就下筆寫史，真令識者驚心動魄。這是警惕我不可隨便動筆寫史的原因之一。

《香港文縱——內地作家南來及其文化活動》，由華漢出版社於一九八七年出版。

黃　這個答案很有意思，因為我們現在無法想像無人研究香港的時代。現在大家都處於資訊幸福的年代，一開始研究已經有資料庫、圖書館特藏，有看不完的選本、單行本，但原來這些資料曾經全都散見在報刊，無從接觸。那麼《香港文縱》一書又從何而來？

小思　我進香港大學研究院追隨馬蒙老師寫論文，手頭資料積存了相當分量時，就寫成碩士論文《中國作家在香港的文藝活動（1937–1941）》。[1]可是這畢業論文因字數所限，許多資料無法收入，自己也嫌沒有論點，提交後我一直沒拿過出來。後來把幾位著名作家如魯迅、茅盾、蕭紅、豐子愷、戴望舒，香港文藝界左右分歧情況、左右兩大陣營組織活動等等，分開再細寫出來，遂出版了《香港文縱——內地作家南來及其文化活動》。

這本書總算是交了香港文學研究初階的功課，但現在重讀，我很不滿意。資料是足夠的，但只是堆砌，沒呈現史識與史觀，更欠缺理論支持。有人想我重印出版，我拒絕了，因事隔三十年，新發掘出來的資料以倍增，不添加還是不圓滿。另外，我已決定作為造磚者，且自信優為之，寫史就不如有待後來人了。

1　盧瑋鑾：《中國作家在香港的文藝活動（1937–1941）》，香港大學文學院哲學碩士學位論文，馬蒙教授指導，一九八一年九月。

另一種磚：口述歷史

楊　**造磚方式不止一種，近日你出版的《香港文化眾聲道》，便以口述歷史的方式來造磚。你是何時開始做口述歷史的？是甚麼促使你開始做口述歷史的？**

小思　報紙上看見的資料有時可說是「死」的，剛才說八十年代初，中國改革開放後，我還來得及有機會追蹤一些「活」資料——那些為數不少的過港、居港的中國作家。例如我研究戴望舒，雖然他已經去世，我仍能找到他的朋友施蟄存、吳曉鈴、馮亦代、徐遲諸先生，從他們口中，聽見活生生的資料。現在你們幸福，戴望舒的資料很豐富，但我當年並沒有機會讀到，只從報紙上知道他曾與好友施蟄存先生在同一版面上，知道二人曾經一同在香港生活而已。我有幸在八十年代追蹤到這些文化人，令我明白：活人歷史很重要的。所以那一段時候，幾乎所有曾到過香港而又仍在世的文化人，我也盡可能訪問了。

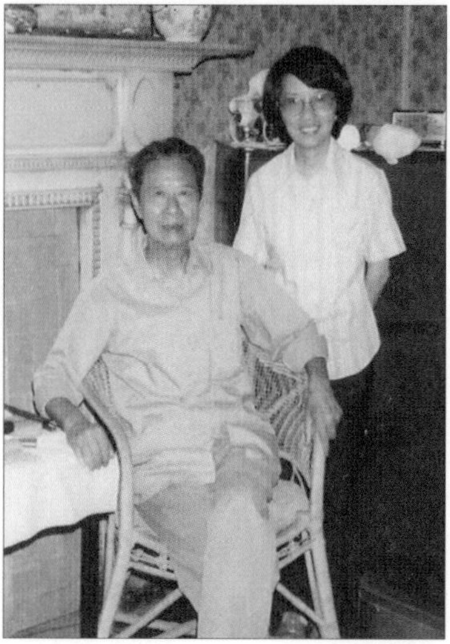

小思與施蟄存先生合影。

我利用課餘時間，逐一走訪，那時候，還未流行訪問、口述。經歷過文化大革命的內地文化人，心有餘悸，會懼怕這個來歷不明的香港人訪問他們的動機。有的訪問幾經轉接介紹，還算順利，但受訪者對錄音機仍存抗拒，連筆錄也怕，我只好記在心中，回來再記在卡上。當時有人甚至以為我是女特務！我用最短的時間去訪問，後來才知道原來自己掌握的資料不足夠，但總算確認了口述歷史的重要性。外國人做口述歷史，一做經年，每天好幾個小時一直訪談下來，我卻匆匆交談一兩小時，稱不上口述歷史，不合格。

剛剛出版的《香港文化眾聲道》，做法就比較符合口述歷史條件。我以「眾聲道」為名，是因為同一機構的幾個人，對同一件事，可能有不同的看法，懂得閱讀的人就自然會將這些重新組織起來，得到最近似的事實或比較可靠的結論。

黃　**您是如何讓受訪者後來變得安心信任的呢？**

小思　我有一個最佳方法，就是先讓受訪者看我收藏有關他們的卡片。記得第一個看自己的卡片的是郁風，她一邊看一邊感動落淚。卡片上記錄着她最青春、最有活力的歲月，她三、四十年代來香港活動，不久又匆匆離開，不及保留自己的材料，直至看見我抄的卡片，她說彷彿重見自己最青春的面貌。

儘管有些對象我會再三尋訪，比如端木蕻良，訪問過後我仍與他聯繫，但這並不足夠。且人的記憶，也不能盡信，對同一件事，他重說兩次，會有差異。口述歷史也必須事後查證。另外，同一件事，你要訪問不同的人。

黃 **您說您早期的訪問「不合格」，有許多客觀環境因素所限制。但我從「香港文學檔案」裏看到好幾筆有關您的受訪者的資料，卻又非常令人感動。如廣州作家杜埃的〈結網牽絲的人——香港掠影，記一位女作家〉（全文見本章附錄一，第167頁），寫的就是您在八十年代造訪他的經過。從起初懷疑您的身份到後來見到您和六十幾張關於他的資料卡之感激，寫得很詳細。另有黃谷柳的女婿請您代複印資料、丁昭言感謝您的蕭紅研究資料等。微觀來看，可見您以真誠與努力開展口述歷史的方法；宏觀而言，這是一筆珍貴的證據，說明香港與內地在文化上曾有如此深層次的互相幫忙。**

小思 由於當年到過香港的中國文化人離開香港時走得匆匆，沒帶走在香港留下的文字資料，就是有，也因種種政治運動、批鬥，散失殆盡。寫起回憶錄、傳記、編文集時，單單缺去香港這一塊。我佔了地利：香港大學馮平山圖書館藏書，雖經淪陷戰火，幸保不失。七十年代末，我埋首翻閱那些所藏書刊，獲得豐富資料。自己手頭方便，別人既

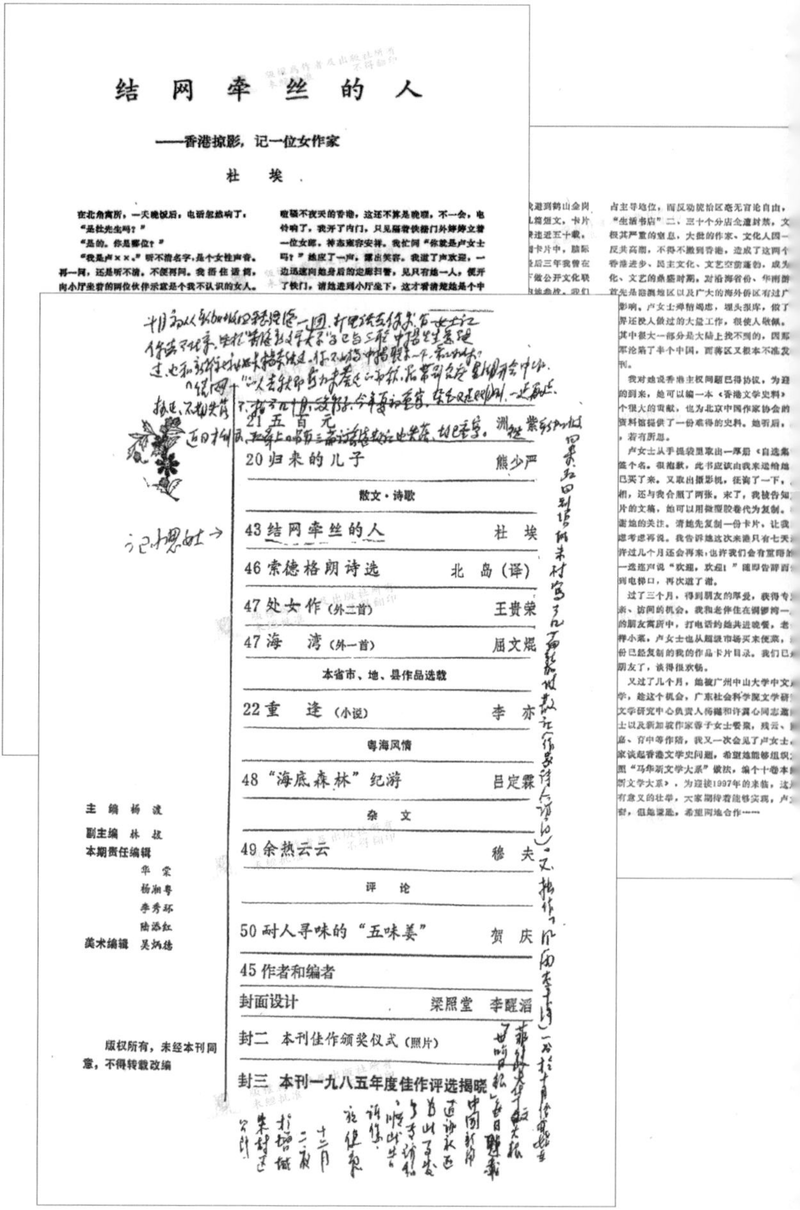

结网牵丝的人

——香港掠影，记一位女作家

杜　埃

主编　杨　渡
副主编　林　叔
本期责任编辑　华　棠　杨湘粤　李秀环　陆添红
美术编辑　吴炳德

〈結網牽絲的人——香港掠影，記一位女作家〉見「盧瑋鑾所藏香港文學檔案」(hklitpub.lib.cuhk.edu.hk/lovf/search.htm)〈杜埃致盧瑋鑾信，附：結網牽絲的人〉。全文見本章附錄，第167頁。

有需要，提供以便他人寫作及研究，那正是公器的作用。何況許多資料本屬某作家所有，歸還他也理所當然。

黃　**口述歷史有時會涉及敏感話題，如重組關鍵歷史事件的經過。大家對您的印象是十分小心謹慎，不輕易議論政治的話題；但同時在您的收藏中又經常發現許多與政治相關的獨立檔案，比如香港政府對傳媒審查制度、《明報》記者席揚事件、二十三條立法等。政治對研究香港文學而言是甚麼呢？**

小思　我本來很懼怕政治，但當我深入研究香港文學時，就發現不應該有政治潔癖。理由是在香港這個號稱言論思想自由的空間，歷來有不同政見的人在此活動過，他們把這裏變成一個勾心鬥角的戰場，利用報紙或文學副刊作品來充當武器。英國殖民地政府

小思收藏的一些與政治相關的檔案。

善於利用「容納」不同派系的人，以便自己圓滑統治香港。因此，我更需要知道香港文學的舞台背景是怎樣的。

在《香港文化眾聲道》(1)及(2)中，你可以看見我不斷追問受訪者與友聯出版社相關的敏感議題，我個人雖然迴避政治，但研究卻不能迴避任何政治一派的資料蒐集。

楊　說到敏感，《香港文化眾聲道》第一冊中訪問了許多被稱為受「綠背文化」影響的《中國學生周報》相關人士，這在當時也是敏感的話題，在今天更可能變成所謂「外國勢力」影響青年的問題。你為何會展開這次口述歷史計劃？

小思　首先我得說清楚，我從不用「綠背文化」這個詞，因它是含政治派系立場的用語，且太簡單化，學術研究者不宜用。

《香港文化眾聲道》的口述歷史計劃，從構思到成書，再到整理出版，已進行了十多年。由於二〇〇二年我已退休，沒辦法取得香港中文大學的研究經費。其中只有最初幾年，得到文學院有些已給的研究費、各種個人慈善基金、我教中學時的學生、香港中文大學圖書館的熱心資助。餘下日子，只有我和熊志琴二人無償地工作。

其實，最初我沒有周詳計劃。

在八十年代初開始訪問曾來香港的文化人時，正值香港回歸議題擺上中英談判桌上，香港人忽然要面對身份認同問題，對一些敏感的人來説，追查歷史身世是當年一項「新興」行為。我想起《中國學生周報》早年曾有過身份問題的討論，[2]而它與《祖國》、《大學生活》、《兒童樂園》是友聯出版社旗下重要出版物，影響香港許多讀者。也有人認為友聯出版社營運資金來自美國，即今天所謂「外國勢力」，帶着濃厚反共色彩。其實，世界各國的政治糾纏、文化交流中，外國勢力一直存在，沒有甚麼奇怪。深切想想自己成長過程中，果然受《大學生活》、《中國學生周報》影響很大。雖然大學時期已在周報寫專欄，也認識一些文友，但我從不參與任何活動，對這個組織所知不多。乘着「追查身世歷史」的興頭，我便首先以「友聯出版社」為題目，趁認識它的人較多，方便訪問，便大膽地展開這次口述歷史計劃。

2 在一九六三年二月廿二日《中國學生周報》五五三期，林福孫的〈與香港青年談責任和理想〉文中，討論到香港人應該面對身份認同問題。文章刊出後，一直未有讀者投稿回應。到一九六三年九月二十日《中國學生周報》第五八三期，〈學壇〉版才見石凱林在〈香港青年談愛國〉談及青年愛不愛中國的問題。直至同年五八五期，〈學壇〉版刊登三篇中文中學學生來稿，談論香港側重英語，漠視中國人文化和身份情況，而五八八期〈學壇〉版有三篇英文中學學生的回應文章，五九〇期有吳靄儀就此事撰文〈我們就不愛國嗎？一個英文書院學生的自白〉，當中涉及語言運用與身份認同問題討論。

又因我研究三、四十年代香港文學，深知文化範圍是左右兩派必爭之地。我早知道五十年代至今，情狀並無改變，為了公平顯示實況，假如設定友聯出版社是「右派」，我必須也訪問「左派」。於是再訂定《青年樂園》為訪問單位，再加一份我熟識的在左派系寫作的文化人名單、一份沒顯明政治立場的文化人名單，遂成《香港文化眾聲道》雛型。

楊　有人拒絕你的訪問嗎？

小思　當然有。八十年代初我想訪問《青年樂園》負責人，通過阿濃介紹，幾經困難，才見過一次面。他最初很多疑慮，不願意接受訪問，直至十年後，他才開始信任我，願意接受我的訪問。再加上計劃開始後，香港已經回歸，他不再害怕。有些人接受訪問，也半推半就，始終抱極保留態度；有些人接受訪問時侃侃而談，可是讀了文字稿，又拒絕授權出版。

楊　這些《中國學生周報》的受訪者，許多都不在香港，你們到海外訪問嗎？

小思 對。當中有些人不在香港，例如戴天和金炳興在多倫多、胡菊人在温哥華。怎辦？二〇〇二年暑假，我要到多倫多探望哥哥，一直幫助我做訪問的熊志琴説戴天他們也在多倫多，希望能順道訪問他們。我一個人不能做訪問，她便自己買機票、借住朋友家，與我一同到多倫多訪問金炳興、杜漸和戴天。難得到加拿大，她不想浪費機會，又隻身特地去訪問在温哥華的胡菊人、江河、劉惠瓊、阿濃。回港後，我認為不應要她自資機票，便向文學院申請，報銷她的機票費用。

還有部分友聯出版社的人偶然由外地路過香港，例如奚會暲、古梅、王健武、吳平，我們都能把握機會做了訪問。故有些訪問，只有熊志琴一個人提問。在這個計劃中，事前她既要準備大量受訪者資料。要參與訪問，事後轉口述為文字稿，一再整理受訪者交回的修訂稿，最後還要一一核實受訪者提及的資料、找出文獻、照片、書影等等，以便出版。付印出版前，仔細校對。一切工序，獨力負擔，實在辛苦。不過，十多年的認真投入，《香港文化眾聲道》口述歷史計劃，已成為她專門研究的項目了。

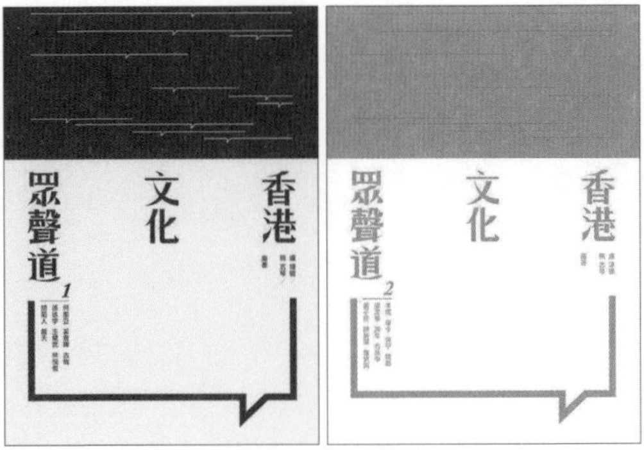

兩冊《香港文化眾聲道》先後於二〇一四年及二〇一七年由三聯書店（香港）有限公司出版。

楊　**這次受訪人數眾多，相信也有許多困難吧？**

小思　的確有。訪問對象有些是老人家，例如何振亞受訪時已經七十九歲了，他不是寫作人，而是負責辦友聯出版社的人。他講話談笑風生，喜歡說笑、談下屬中誰跟誰談戀愛之類，但訪談中卻提供許多微妙信息。有些受訪者東拉西扯，突然一句「不答」，我們便不知如何繼續問下去。有些受訪者記憶力很好，不過總有些話會保留，我不熟他不好，太熟他也不好，訪問時必須細心聆聽，找些空子鑽，才尋得意外線索。

我最難過的是稿件整理需時太久，終於出版了，受訪者中有幾位已離世，沒機會親眼見到《香港文化眾聲道》。我實在對不起他們。

黃　**原來這樣艱難，比現在《曲水回眸》的訪談計劃艱辛多了。**

從造磚到藏磚：香港文學研究中心、電子資料庫

楊　**從你「造磚」的經驗，引申到「香港文學研究中心」的成立，我認為是頗有趣的轉折。**

從個人的「造磚」，到成立一個面向公眾的「香港文學研究中心」，當中的契機是甚麼？你能具體談談成立的時間、地點、人物嗎？

小思 「香港文學特藏室」及「香港文學研究中心」的成立經過及資料，等會由負責的黃太（當年副館長黃潘明珠）和樊善標交代補充，但我要趁此機會澄清一件事，「香港文學研究中心」是一個「怪胎」。到現在為止，外界仍未能分清「香港文學特藏」、「香港文學研究中心」、「香港文學資料庫」及「香港文學檔案」的分別和關係，甚至連中文系行政人員都曾經以為「香港文學特藏室」，即包括我所捐出來的書刊，是屬於中文系所有的。這是多危險的事啊！很多人都搞不清這幾個項目的關係。

當年圖書館願意收容我捐出的書刊及檔案，我很高興，因這些書刊、檔案有藏身之所了。但應如何作為公器運用呢？當時的中文系主任提議成立一個單位，與圖書館掛鈎，以便互用資料，及幫助圖書館處理資料，於是「香港文學研究中心」便順理成章創立了。但中心只是個「虛名」，既沒有工作人員，又沒有資金，更沒有辦公室，如同空殼公司，我當個義工主任，以中心名義幫助圖書館，一起運作。

楊 **那是甚麼年份？**

樊 讓我補充一些年份資料。「香港文學資料庫」網站是一九九九年開始建設，二〇〇一年正式開放給公眾使用的。而中心成立的日期，根據中文系的紀錄是二〇〇一年七月。所以我猜想，在大學圖書館籌備「香港文學資料庫」的最初階段，已經陸續向盧老師收集材料，所以一九九九年前圖書館副館長黃潘明珠女士便應與您有合作的關係了。

楊 那現在是怎樣運作的？

樊 這我亦能補充，但容我先說說中心面對的問題。我覺得中心歷年來最嚴峻的問題，是沒有人手、資金和地方。其實歸根究柢是經費短缺。所以無論是盧老師主理時期的發展方向，還是二〇〇八年由我接手後，都是被資源帶着走。沒有資源的事我們不能做，有資源時則可兼做其他我們想做的事。

小思 中心的確是個空殼，但我是滿意的。既與外界無利益衝突，又不必向誰拿錢，不必向誰交代，我覺得這樣很自在，很舒服。想不到，現在這中心倒真有點成績。維持研究中心固然很辛苦，從無到有地爭取存在是艱辛的過程。你或者會問，沒有中心不行嗎？

也並非不行，只是研究中心存在，就能提醒大家，這是研究香港文學的一個中心，可和「香港文學特藏」，「香港文學檔案」配合起來運作。

樊 **「香港文學特藏」成為大學圖書館裏重要的收藏（Collection），是因為得到您捐贈的書刊和資料，這對於中心和大學圖書館建立緊密的合作關係是很重要的。**

小思 建立一個機構並非獨自一人能成事，而是許多人際關係配合而成。我想捐書，別的地方可能拒絕，但這一次圖書館館長和副館長共同促成此事，就是基於大家擁有相同理念所致。

樊 **人際關係在這裏指的是大家建立了一種基於共同信念的互信，並非純為利益的交往。**

小思 對，提起圖書館，我在此無論記錄與否都要提及一件事。我的捐書和資料，為圖書館員工增添巨大的工作量。而且黃太特別要求工作人員在收到有心人捐書後，短期內一定要寫致謝信，一定要整理捐贈目錄，我捐的大量書刊，對工作人員來說，在情在理應會因工作量突增而有點不高興。但我卻看見他們認真投入苦幹，這種團隊精神很令我感動也感恩。

樊 我想提出一個想法：「香港文學研究中心」應該置於「香港文學研究」體制形成的角度下審視，再評價其價值。八十年代初香港文學才開始在教育體制裏出現，之前很多人都懷疑香港有沒有文學。香港文學研究中心的成立是為了協助架設「香港文學資料庫」，而「香港文學資料庫」又令「香港文學」成為一個不同學者都能進行有系統研究的範疇。

小思 真的是這樣嗎？

樊 是真的。「香港文學資料庫」最近一年的點擊率超過四百五十萬人次，三分之一使用者來自內地，三分之一來自香港，另外的來自海外。香港文學作為學科雖然從八十年代就開始，但如果沒有這個資料庫，特別是它的全文瀏覽功能，外地學者就很難研究香港文學。當初你們建立這個資料庫時，無條件地開放予公眾使用是成功的關鍵。

小思 我一直強調資料文獻是公器。那又何必限制大家取用呢？最近我又取得了《大學生活》、《盤古》等刊物的全文版權。如經費許可的話，宜盡快掃描上網，以便公眾應用。你們看，光是把二十二年的《中國學生周報》全文上載，就已經極受關注，足證網絡威力，要好好利用。

樊　其次是「盧瑋鑾教授所藏香港文學檔案」。儘管因為版權所限，在大學圖書館裏才能看到檔案的內文，但從您對條目的分類，已經為香港文學研究提供了很多具體的方向，讓研究者明白，原來不僅文學作品值得分析，很多周邊資料都可研究。我覺得中心的成立對香港文學作為學科的發展很有推動力。

小思　其實我希望中心還有另一發展方向，就是我蒐集的許多通俗流行小說，雖然有些只是殘篇斷簡的報紙，那些報紙是各大學及公眾圖書館不會收藏的，但我認為這是香港文壇特殊的棲身點。各大學也有人在做這類研究，但有些論文往往理論先行，單從一兩個文本就推論出宏大結論，我認為不夠嚴謹。有志研究者可以深探其他圖書館不收藏，而中大特藏室收藏的這些書報，對研究必會更有幫助。

楊　現在中文大學圖書館有「盧瑋鑾文庫」嗎？

樊　有的，不過是虛擬的文庫。圖書館電子目錄裏會標明某書是「小思捐贈藏品」。

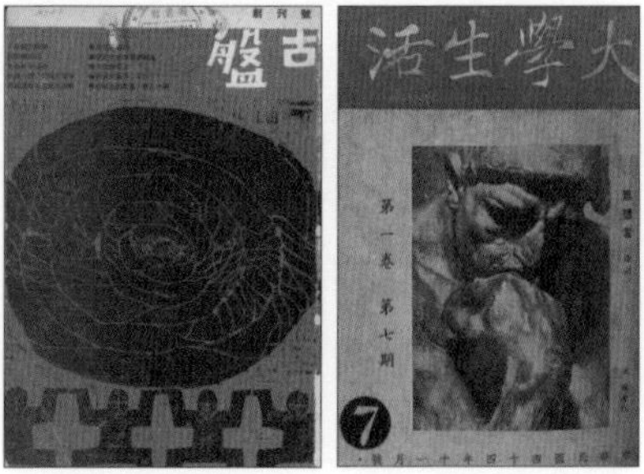

小思最近取得《大學生活》、《盤古》等刊物的全文版權，將會上載到「香港文學資料庫」中。

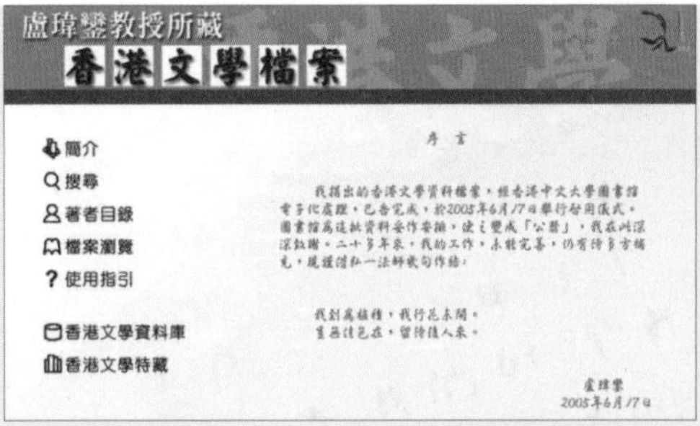

盧瑋鑾教授所藏香港文學檔案

盧瑋鑾教授（小思）經過三十多年的耕耘，積累了大量罕見的香港文學書刊及檔案材料，包括從無數微型膠卷和塵封的合訂本中，逐頁鈎沉香港報刊上刊載的文藝事件、活動、作品等紀錄，複印存檔，搜集了超過三萬八千多條香港文學及文化的原始材料，並整理成一千二百多項檔案。這批檔案後來捐贈予香港中文大學大學圖書館，更在二〇〇四年正式展開「香港文學檔案」的電子化計劃，為香港文學研究者提供大量珍貴的研究原材料。經圖書館調整分類後，一般讀者更易按圖索驥，找到所需資料。

資料參考

馬輝洪：〈豈無佳色在　留待後人來——論「盧瑋鑾教授所藏香港文學檔案」〉，《城市文藝》第七卷，第三期，第94–98頁，二〇一二年六月二十日。

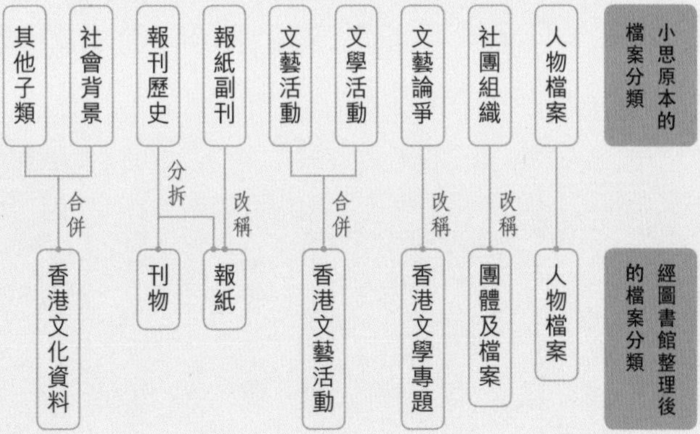

小思　虛擬的文庫，不會見到分類。我認為日本的個人「文庫」特藏，最理想。退休後我看許多雜書，但也有分類，例如有關日本京都、中日文化人交往、京都學派、日本漢學研究等等，但這些書一旦捐到圖書館，就會按圖書館常用編目方式，分散於不同範疇，這與以個人讀書興趣、研究方向、資料蒐集態度為主的「文庫」設置，差別很大。例如屬於日本著名漢學家內藤湖南，藏於關西大學圖書館的「內藤文庫」，是相當重要，值得研究的資料瑰寶。我最近讀到國家圖書館出版社出版，錢婉約、陶德民編著的《內藤湖南漢詩酬唱墨迹輯釋》，經錢婉約介紹，才知道此文庫之充實豐盛，令人歎為觀止，只要細心發掘，足可反映晚清中日文化交流、中日文人往來等極細緻情況。其中有「非冊子體資料」，竟包括了各時期的請柬、名片、唁電、參會名冊、菜單、車船票、賬單各種雜件。原來不止我會如此收藏別人當成「垃圾」的雜物，我不禁心中一喜，但又不禁心中一憂。我不是內藤湖南，不是大學者，香港各圖書館也不像日本般重視文庫收藏，我一去世，那些東西，就真成垃圾了。

岔開一筆，交代一下：錢婉約是北京語言大學人文學院中文系系主任，主要從事日本中國學（漢學）研究，她是錢穆先生的孫女。

樊　以前的圖書館很少收藏流行刊物，例如《西點》、《藍皮書》等，但盧老師的收藏中卻有，所以這是很珍貴的。不過，要推動系統的研究是困難的，因為中心成員除了研究助理，全都是兼任的，只能待有興趣的研究者加入。

從造磚到藏磚：香港文學特藏室

黃　今天難得黃太（按：黃潘明珠女士）也在，正好補充「香港文學特藏」的成立背景。您在建立「香港文學特藏」以至促成圖書館與香港文學研究中心的眾多合作活動上，都是重要角色。

潘　記得當時的文學院院長郭少棠先生問我，有沒有辦法由圖書館和文學院合作申請一筆UGC（大學撥款委員會）撥款，來建構一個人文科學的資料庫，參照英國的Humanities Data Set，包含文學、藝術、音樂、宗教等範疇。我認為這建議可行，因為香港中文大學在這些方面很具優勢。於是，我便找馬輝洪先生一起商討如何合作，他比我熟悉香港文學，兩人合力撰寫了一份計劃書。UGC的審批委員會，大約五至七人組成，總之當時只有一人反對，就是香港大學的委員，結果計劃不獲通過。

那時我很傷心，因為花了很長時間做研究。我記得那天晚上七時多經過參考部見到馬先生當班，就跟他說，沒理由做了那麼多工夫卻無功而還，他就建議一起找小思老師幫忙。好像是在三月廿三日，我們在約好在「十八溪」酒家與小思老師見面，傾談這個計劃。其實我知道小思老師多年，但卻未曾有任何接觸。我們問她，香港文學研究值得下功夫嗎？她說當然值得，我那時還不知道她收藏了大量的資料。

我在一九七四年進入中大，那時我先生（按：黃宏發教授）已經在中大聯合書院任教。聯合當時有很好的傳統，就是鄭棟材院長在每日十時半左右，都會在行政樓舉行茶聚。茶會上可以聽到許多大學內部的事情，以及認識不同的老師。有一次，我遇見幾位研究香港社會科學的教授，他們說香港沒有足夠的研究資料，而我發現相關的研究資料就在圖書館流通處後面，有讀者要求才可以取閱。大家都認為很多人需要使用這些材料，經聯合書院圖書館館長同意，希望建立一個「香港特藏」。當時中大的圖書館館長並沒有直接拒絕，卻看得出她不願意開設特藏。但因為鄭棟材院長是土生土長香港人，而他又很重視香港研究，於是說可以由聯合書院基金會出錢支援。

黃　換言之，香港特藏是先由聯合書院促成的？當時是哪一年？

潘 那是一九七四年。基金會有資金可支持這件事，給予我們五萬元一年，有了錢便可以添購新書，甚至在英國購入關於香港的舊書。當時我們甚麼都收藏，除了金庸、亦舒以外，但其實這些書都不用錢，根據書籍登記條例，每一本書出版登記後都必須送一本給港大及中大。但有人認為收藏這些流行書籍並不恰當，於是便轉而收藏與香港相關的英文書。我那時未見小思，只是直覺地認為圖書館也應該收藏香港的中文相關書籍。其實香港中文大學是大專界最早成立香港特藏組的，比香港大學還要早。港大早期只有 Far East Collection（遠東特藏），並沒有意識到要把香港文學分拆為一個特藏系列，至八十年代才獨立成為香港特藏。

黃 那麼盧老師捐書、捐檔案的過程又是怎樣的呢？

潘 是後來的事。那時圖書館開始建立香港文學資料庫，我問小思能否擔任顧問，知道她藏有大量香港文學資料和書籍，便與她談起捐書的想法。

小思 我很早已經有個念頭，就是中文大學圖書館要有一個具特色的特藏室。一九七三年我到京都大學時，看到京大最特別的收藏品——唐宋時期的隨筆。許多外國學者特地前來拜訪，就為了這筆收藏，不能借出便即場抄寫資料。我當時非常好奇，便問一位美國學者為甚麼值得遠道而來，他說這些資料全世界只有京都大學圖書館藏有，不得不來。這令我印象深刻，原來查看中國的資料不是到中國去，而是要到京都大學。所以我就確認，每個地方如果有令別人非來不可的特色，就成功了。後來曾有不同圖書館的負責人問我可不可以捐出香港文學藏書，我都沒有馬上答允。到我將近退休，想到自己的藏書、資料需要一個安置的地方，才仔細考慮。退休前，我先後租用過中環一個寫字樓作小書齋，後來又搬到銅鑼灣去存放書本。在當時來說，這是非常奢侈的行為。但書放在自己家中，始終不方便別人前來翻閱，我認為那些東西應該放在一個讓後人都可任意運用的地方，所以退休時

香港中文大學圖書館特藏室。

恰巧黃太找我談特藏的事，我心中早已有這個想法，很容易便決定只要圖書館願意接收這些書，我定當傾囊相授。那是二〇〇二年，我退休的那一年。

編寫香港文學史：留待後人來

黃　**問一個外行的問題——研究用書，為甚麼要由學者自行搜購？為甚麼不由圖書館去做呢？資料庫為甚麼要由個人研究做起呢？**

潘　**一間大學約有二千名教師，假設二千名教師要做二千個研究項目，一所圖書館的藏書根本沒有可能做得齊全。**

小思　圖書館沒有專門研究人員面對專門的科目，他們沒有可能知道甚麼書要收藏、甚麼書不要。我專門研究香港文學，才知道資料庫要有甚麼。而且，我有些資料都是別人沒有接觸過的，當時亦只是為了方便自己的研究才去收藏。況且，有些資料有錢也買不到，所以不是說給予圖書館一筆錢就可以收藏到這些材料。有時候要補購某些舊書籍，也要找特別的門路來買。這些情形，並非每個圖書館的管理層都能夠做到。

黃 **我們很少機會以圖書館學的角度去看收藏與研究的關係。平常只考慮作者，例如收錄了哪些作家、多少的作品等等。**

小思 就算作家出版了單行本，圖書館也不一定來得及購入，因為館方有一定的收書策略。最近我借了一套書給一位研究香港五、六十年代散文的年輕研究者，我問他可有看過高原出版社或人人文學出版社出版的作品？有否讀過一些散文集？他竟大都不知道。許多當年十分重要的作家，他連名字都未聽過。那也不能怪他，因為圖書館沒有。我也只靠在舊書店中發現他們的作品，才深入研究。這也是我常說不能急於寫香港文學史的原因，因為未有足夠的材料，屋可以勉強建好，但卻並非全面的。有人可以寫部分小說史、新詩史、散文史，局部寫可以，但要寫一本全面的香港文學史卻尚有許多欠缺。我就是因為沒有「磚」，才動手造磚，然而後來我又發現一個問題：造了許多磚後，竟然來不及建屋。最後惟有把磚都拿出來，讓有能力的人寫香港文學史。

你問我現在可否寫？到現在我認為自己勉強可以寫了，可惜已沒有能量和魄力了。寫史需要魄力、史識、史德，同時也需要視野，一直以來，我都知道自己的視野困在細眉細眼的地方，魄力我現在已經沒有，有點史識史德，亦只能說「只是近黃昏」了。

黃 一路聽您說來，其實您已為香港文學研究取得了兩項最艱巨的成果。第一是「造磚」，就是您在大家仍未意識到這個學科的可能性之時，抓住一瞬即逝的機會，付出心力、時間和資金，收購舊報刊、收藏新書、做訪談與編纂各類檔案及資料冊。第二是把「藏磚」公開。這是一個很實際的問題，試想像現在房子可以只有百多呎，到處都是教人收納法、「斷捨離」的書，即使有保藏舊物的心，亦不一定有保藏之力。有了基本資料，有心人才能安心就自己願意努力的方向繼續研究、了解。

小思 對不必要、多買的東西，斷捨離，是對的，也是居住環境不理想而迫出來的主張。不分皂白的斷捨離，會令人情薄。希望作為學術機構的圖書館不要情薄。

楊 對於你有沒有魄力這回事，我不能跟你爭論。但讀到你近年受訪的紀錄，我覺得是「功架盡現」，例如去年十月《信報月刊》的〈安土不遷 小思：香港命大不會死〉（全文見本章附錄二，第174頁），是寫得非常好的訪問，亦見你的視野非凡。現在的香港可謂談「中華」色變，但你卻有能力、有證據道出中國與香港，或中國人與香港人曾經有過的種種交流與聯繫，一頁一頁的文化人往來香港留下的歷史，有分歧也有共濟，都是不能磨滅的，亦非一兩句心繫家國、血濃於水的宣傳口號可以取代。「安土不遷」，的確很能代表你的精神價值。你或許沒有建成你心目中「香港文學史」的廣廈，但卻至少為香港研究者建成了一所得以安身立業，在時代變遷中保持文化自信、一間「何陋之有」的居所。

附錄一

結網牽絲的人——香港掠影，記一位女作家

杜埃

在北角寓所，一天晚飯後，電話忽然響了：

「是杜先生嗎？」

「是的。你是哪位？」

「我是盧××。」聽不清名字，是個女性聲音。再一問，還是聽不清。不便再問。我捂住話筒，向小廳坐着的兩位伙伴示意是個我不認識的女人。心裏忽有點兒敏感。香港地很複雜，朋友中無此人，怎會知道我們客居的地址呢？而這地方政治情況不簡單，在這瞬間，對方似乎察覺了我的懷疑，便主動解釋說她是從報上知道我們是來舉辦「近、現代文物書畫展覽」的，還說看了有關文物走私問題回答記者的談話，看到了開幕式的照片。最後她說她從熟悉的「三聯書店」和「博雅齋」的朋友中獲悉我們的住址、電話的。

恍然，並有點歉意地說：「啊，是這樣。女士，你有甚麼貴幹嗎？」電話中傳來她愉快的聲音，說她是在遠郊沙田「中文大學」教學的，未謀一面，但有些事要討

教。並說她的家就在附近，想就近來拜訪，說只需半小時的會見就行了。我心裏有點嘀咕，素昧生平的陌生者到底有甚麼要緊事？恰巧我們因有事急於出門，只好對她解釋，並問她有何急事？她說是有關我的作品的事，希望我能過過目，只要半小時就可以了。

我有點釋然，因為她要談的是我的作品，是自己的東西，要問甚麼都好回答。於是我高興地回答說是否可以改個時間，譬如說明天上午或晚上六時以前，她斷然說「不行」，六時她剛從沙田坐車連轉車要六時多才能回抵北角。她說改為七時半到八時吧。我說很抱歉，剛好明晚六時起至十時也已有了安排，可否改為晚上十時半屈駕光臨。對方在電話裏沉吟半晌，隨即答道：「行，十時半，明晚見，一言為定。」她放下了話筒。

第二天晚上，我們外出歸來已是十時許了。在喧騷不夜天的香港，這還不算是晚哩，不一會，電鈴響了，我開了內門，只見隔着鐵柵外婷婷立着一位女郎，神態雍容安詳。我忙問「你就是盧女士嗎？」她應了一聲，露出笑容。我道了聲歡迎，一邊迅速向她身後的走廊掃着，見只有她一人，便開了鐵門，請她進到小廳坐下，這才看清楚她是個中等身材，有點消瘦的女人，穿戴樸素，不事修飾，沒有燙髮，微笑地頗有禮貌地在沙發上端莊坐下，把一個手提袋，一盒包裝得很華麗的餅食擱在茶几上。

原來她叫盧瑋鑾，小思是她的筆名。我聽後不禁驚呼，我看過幾篇署名小思的文章，其中也有兒童文學作品，可我很抱歉，近幾年來多在內地農村寫點東西，大大減縮了城裏的文藝界活動，與港台文學界接觸更少，竟弄不清她的原姓名了。她告訴說她任職的大學中文系邀請內地幾位作家來港交流，我原是被邀請之列，後因不在廣州而作罷。此事我也微有所聞。她嫻靜地從手提袋裏取出一個小小的卡片盒遞到我面前：「這裏面是你的作品目錄，今天我就為這個而來，請你過過目。」

我真是又高興又感動，忙打開卡片盒，一張張仔細察看，忍不住發出驚喜之聲。這裏搜集到的資料真詳盡不過了，裏面有時評、專著、文藝評論、小說、散文，也有一部分是當年在香港文藝界活動的消息（如宣言簽名、文藝集會等等），這些文稿刊於三十年代後期及日本侵略軍投降後的四十年代後期的香港報刊上，計有《大眾日報》、《大公報》、《申報》、《立報》、《港報》、珠江、華僑、星島、華商報等以及文藝雜誌《作家》、《文藝生活》、《野草》等，其中最難得的是一九三六年上海「七君子」事件前後，鄒韜奮避居香港主辦的《生活日報》，她也居然收集到了。看到這些報刊卡片，引起我的回憶，一九三六年夏南京政府的嫡系軍隊進入廣東，因寫稿的事我避到鶴山金崗四堡山區，曾為《生活日報》投去幾篇短文，卡片中就有《向高爾基學習》等文章，睽違近五十載，一旦重睹，不禁很有些感慨。在翻閱卡片中，腦際不時浮現往事的疊影：三十年代最後三年我曾在八路軍駐港辦事處廖承志同志領導下做公開文化聯絡工作：當年負責人吳華胥等進入內地參戰，我們又接辦了「九龍中華藝術促進會」，成立寫稿隊，聯繫了上十家香港報紙出過幾期有關堅持抗戰問題的專刊，更早些時也主編過《大眾月報》副刊，日軍投降後我重返香港，為黨辦的《華商報》做過編務，後又接編《茶亭》，那些年分國內疊次掀起反共高潮，因而與疏散到香港的不少作家有過來往，以上她所搜集到的文章就是大陸戰火紛飛，風雲急變的歲月中寫出的急就章。在卡片中我還看到了我遍覓未得的一篇論文藝的民族形式問題的文稿，那是在香港《大公報》副刊上發表的，副刊主編為蕭乾，副為楊剛女士，蕭到歐洲作戰地特派記者後，由楊主編，而楊是由我單線聯繫的，這篇理論稿子是我應她因當時需要而寫的，現在也居然找到了。

再仔細一看，每張卡片上都列一題目，注明文體、內容中心和登載的報刊及時間，像此類卡片索引約有六十張，可以想像需要付出多少勞動和付出多大的心血啊！更何況她做得很細緻很詳盡呢！這次相晤，真是我短短的幾天香港之行極其愉快和意想不到的收穫，為此我也一再向她表示由衷的謝意。因為她不僅搜集詳盡，而且有好些篇目連我自己也淡忘得蹤影全無了。

我輕輕地摩娑着手中的硬紙片，問她為何能夠搜集到這些戰亂中失去的文稿，盧女士告訴説，她原是「香港大學」中文系畢業生，後被聘去沙田「中文大學」講文學課，她花了一年多時間到與香港大學幾乎齊名的馮平山圖書館報刊庫裏尋到的，香港淪陷三年間，日本法西斯來不及清查大批抗日、民主報刊，因而得以保存下來。更可貴的是，她不僅搜集某個人的資料，舉凡當年從內地撤來的香港的郭老、茅公、夏公、馮乃超、邵荃麟、黃藥眠、秦牧、林默涵、司馬文森、端木蕻良、陳殘雲、周鋼鳴、華嘉等等作家在香港發表的作品，都在搜集之列。

這件事做得太好了，因為三、四十年代，除了廣州、桂林、重慶曾一度有過短暫的民主空氣，使文藝界較為活躍外，只有延安和解放區的文藝始終佔主導地位，而反動統治區毫無言論自由，那時連「生活書店」二、三十個分店全遭封禁，文化受到極嚴重的窒息，大批的作家、文化人因一次次的反共高潮，不得不撤到香港，造成了這兩個年代的香港進步、民主文化、文藝空前蓬勃，成為香港文化、文藝的鼎盛時期，對沿海省份、華南游擊區、首先是港澳地區以及廣大的海外僑區有過廣泛而深遠影響。盧女士殫精竭慮，埋頭報庫，做了香港文藝界還沒人做過的大量工作，很使人敬佩。這些報刊其中很大一部分是大陸上找不到的，因那時侵華日軍淪陷了半個中國，而蔣區又根本不准發行這些報刊。

我對她說香港主權問題已得協議，為迎接一九九七年的到來，她可以編一本《香港文學史料》，將是一個很大的貢獻，也為北京中國作家協會的現代文學資料提供了一份難得的史料。她聽後，頻頻頷首，若有所思。

盧女士從手提袋裏取出一厚冊《自選集》，要我簽個名。很抱歉，此書應該由我來送給她，不期她已買了來。又取出攝影機，徵詢了一下，照了幾張相，還與我合照了兩張。末了，我被告知如需要卡片的文稿，她可以用微型膠卷代為複製。我當然感謝她的關注。請她先複製一份卡片，讓我回去後考慮考慮再說。我告訴她這次來港只有七天逗留，也許過幾個月還會再來，也許我們會有重晤的機會。她一迭連聲說「歡迎，歡迎！」隨即告辭而去，送她到電梯口，再次道了謝。

過了三個月，得到了朋友的厚愛，獲得專到香港探親、訪問的機會，我和老伴住在銅鑼灣一座十九層的朋友寓所中，打電話約她共進晚餐，老伴做了幾樣小菜，盧女士從超級市場買來便菜，還帶來一份已經複製的我的作品卡片目錄。我們已是熟悉的朋友了，談得很歡暢。

又過了幾個月，她被廣州中山大學中文系邀請講學，趁這機會，廣東社會科學院文學研究所港台文學研究中心負責人楊樾和許翼心同志邀她和黃博士以及新加坡作家蓉子女士餐聚，殘雲、秦牧、華嘉、育中等作陪，我又一次會見了盧女士，席間大家談起香港文學史問題，希望她能夠組織力量，仿照「馬華新文學大系」做法，編個十卷本的《香港新文學大系》，為迎接一九九七年的來臨，這是一件很有意義的壯舉，大家期待着能夠實現，盧女士很振奮，但她謙遜，希望兩地合作……

收藏於「盧瑋鑾所藏香港文學檔案」（hklitpub.lib.cuhk.edu.hk/lovf/search.htm）〈杜埃致盧瑋鑾信，附：結網牽絲的人〉。

安土不遷　小思：香港命大不會死

鄧傳鏘、麥善恆

香港作家及文學研究者盧瑋鑾（筆名小思），三十年來孜孜不倦做歷史的拾荒者，收集大量香港文學史料彌補空白。她感慨中港矛盾激化，蓋因兩地人都沒有歷史觀，不了解香港的前世今生。七十七年來她安土不遷，親歷香港的跌宕起伏，自信地說，歷史告訴我們，香港命大不會死。

香港中文大學早前舉辦「曲水回眸：小思眼中的香港」展覽，展出小思歷年來的珍貴藏品，包括與香港文化息息相關的書刊、小報、通俗刊物和資料卡片等。五十多年來，她以一己之力默默在舊書堆中尋找蛛絲馬跡。二〇〇二年中大退休後，她隨即將香港文學資料檔案、文獻、書刊悉數捐贈中大圖書館，先後創建「香港文學特藏」、「香港文學資料庫」。

為何要花費這麼大力氣做這笨功夫呢？小思解釋，懂歷史可鑑古知今，自己要讓證據説話。香港正值多事之秋，只要略窺百多年來動盪的歷史，就會明白香港不會死。「太平天國（一八五一至一八六四年）失敗後，思想家王韜來香港，創辦《循環日報》宣傳變革。省港澳大罷工（一九二五至一九二六年），香港幾乎被搞死，但工人卻藉此機會發聲。三十年代，抗日戰爭時期，日本封鎖整個中國沿海，香港成為運輸中心。三年零八個月，餓死了很多人，許多香港人北上。接着國共內戰（一九四五至一九四九年），有錢人再湧來香港。韓戰（一九五〇至一九五三年）爆發，香港沒有禁運，很多人藉此機會賺錢。十年文革動盪（一九六六至一九七六年），香港成了避風港。八三年中英談判香港前途，戴卓爾夫人在人民大會堂一跌，港人嚇破膽，很多人移民，後來又回來……很多次，香港都能絕處逢生。」

過去不平坦 前路仍有盼望

小思明白香港走過的路從來都不平坦，對於前路她依舊有盼望。一九六七年香港暴動，小思在筲箕灣嘉諾撒學校教書。「沿着電車路從北角走到筲箕灣，走一段路要停一停，菠蘿（炸彈）放在電車路上。等到警方處理爆炸後，再繼續前行，只能照常生活，換了是現在，肯定要停課了。」

不害怕嗎？小思憶述猶有餘悸：「我每分每秒都覺得很危險，但前路只能繼續走下去。當時徒步上學，很多學生以為跟在老師後面就很安全。我一個人被炸死也沒這麼害怕，萬一學生有閃失呢？這是我走過的歷程，也是香港的歷程。」

「在一塊屬於自己的土地上——是肥沃是瘦瘠，不能苛求了，好歹是自己的土地，算是命中注定，就在這土上一生一世。」這是小思散文集《不遷》的一段話，安土不遷是她多年來的心聲。

一九八〇年代中英開始談判，目睹親友一個個移民，觸發她研究香港身世。「原來有一些人對那片土地的留戀並沒有那麼深，有事就趕快走，沒有事情就回來，那這個地方不是很慘麼？如果我父母有事，我走開，有錢了，我再回來，那太可怕……」

所有親人都移民了，只有她堅持不走。「哥哥當年勸我走。我心想：『為何要移民呢？況且我很喜歡在這裏教書。』現在很多香港人後悔為何不早點走，我比較食古不化的，從沒有後悔。」

小思動情地說：「香港孕育我，我十分感激這個地方，如果有難便離開，太不負責任了！」

回顧歷史，小思深信秉持一貫的包容精神，香港將履險如夷。「今日香港有中港矛盾、排外情緒高漲。一九四九年後，很多上海人逃難來香港，當時包括我媽媽在內的廣東人都抱怨上海人搶貴物價，但看到上海人在香港設廠帶來就業時，很快就出現張愛玲所說的南北和了。」

南北將會和 要鬥而不破

小思在著作《香港的憂鬱：文人筆下的香港（一九二五—一九四一）》寫道，沒有一個地方像香港一樣有這麼大的包容。從收集到的舊報刊中，她發現香港特有的兼包並蓄。「在一些小報上，黃色小説旁邊，就是西西、也斯、劉以鬯介紹文藝的專欄。葉靈鳳要養活七八口人，在不同小報開專欄。劉以鬯在《快報》寫稿也很受氣，但他心態好，認為要娛人娛己。」

香港曾是三教九流人物雲集之地，左、中、右大鬥法，但都鬥而不破，今日卻赤裸裸地撕破了臉。「在中學、大學階段，我已認識了很多十分優秀的共產黨員，他們真心為黨去宣傳，因為當時我只能透過這些中介去認識大陸。以前他們很懂得統戰，往往被統戰了也不知道。乒乓球、女排、傳統戲曲都成了統戰工具。現在的做法太強硬了。你打我一拳後，又要我和你做朋友，怎能真正友好呢？現時部分香港學生連中國也沒有到過，甚至連回鄉證也被沒收，入境後又當成賊一樣被跟蹤。」

小思憶述了當年求學時期的一件趣事證明軟比硬有效。一九六一至一九六二年間，有一個大型的上海越劇團來香港演出《紅樓夢》，由頂級演員徐玉蘭、王文娟分別飾演賈寶玉和林黛玉，原本小思抱着一種很敵意的態度去看。「當年，許多父母大都是從內地來的，自小聽到有五花大綁的屍體從對面河飄過來，經常聽到有人講逃難慘況，那時香港長期有一種恐共情緒。」

不過，這種敵意很快就消融了。「當賈寶玉一出來，我就完全投降了，完全忘了什麼是反共。在政府一聲令下，即使頂級的演員也只能服從組織充當小角色，該齣戲雲集了全國最優秀的演員，呈現出一個最好的劇本。」

在那個沒有「國教」的年代，許多年輕人卻自發愛國。「中文、歷史、地理等科目已經滲入國教的元素。其實許多科目都是互通的，不需要鳴鑼打鼓、旗幟鮮明地去推行『國教』。我現時還隨手可以畫出中國地圖、黃河，因為小學時，地理老師已經教我們了。」

「從家庭到學校，從小到大，從沒有人教我們去愛國。小時候媽媽教我唸《唐詩三百首》，中國文化素質慢慢就會滲入我心裏。愛國並非要講政治口號，太硬的東西要拋棄，軟的東西自然會沉潛入你的血液。」小思媽媽愛寫詩，今次「曲水回眸」展覽品中，就有她讀私塾時被老師批改過的詩句。

英國人手腕高 懂拿捏港人

小思形容，共產黨統戰利害，英國人管治也很聰明，懂得如何拿捏香港人。「在英國管治下，香港享有相對，但非絕對的自由。以前英國人怕共產黨搗亂，可以不需要裁判，就將人遞解出境，許多文化人因此被迫離開香港。」

「當時我仍在教中學，英國人知道如果要取消歷史課，一定搞到滿城風雨，因此刻意將歷史科搞得很複雜。高中可以選甲、乙、丙組，甲組、乙組修讀上古到明代歷史；丙組則包括民國、共產黨成立的複雜歷史。到中三選課時，老師和同學都不願選丙組，對於老師來説，軍閥割據等歷史很混亂，又不知道是否容許提及共產黨。這就是英國人管治智慧、政策手腕的高明，不是不讓你讀，是你自己選擇不去讀。又例如，以往在清代歷史中，中文中學是沒有鴉片戰爭這一段的，英文學校則叫做貿易戰爭。但當時大家都知道，即使自己學了，也一定不會出這一試題。」

無論是香港當權者或平民百姓，一直以來都抱持變通、包容的心態，令香港度過幾許風雨。「香港人很聰明地變通，不能穿膠花，便去製造假髮，包容也是香港人一直死不去的原因。當然，最要感謝的是香港有令人信任的法治，如果連這最後防線也守不住，香港就真的會死去！」

刊於《信報財經月刊》二〇一六年十月號

縴夫的信仰

「我想起錢穆先生訂的〈新亞學規〉。開首幾則：『求學與做人，貴能齊頭並進，更貴能融通合一』，『做人的最高基礎在求學，求學之最高旨趣在做人』，『愛家庭、愛師友、愛國家、愛民族、愛人類，為求學做人之中心基點。對人類文化有了解，對社會事業有貢獻，為求學做人之嚮往目標。』這正是大學對大學生應有要求。今天社會過分強調個人權益自由，不多讀書，不立志求學，遂失做人基點。」

鄧：鄧仕樑教授　楊：楊鍾基教授　黃：黃念欣教授

退休生活與教育理想

楊　我一直希望與小思好好談一次具體的教育問題，例如普教中、教科書、國民教育、德育與美育的理想等。從前小思總會說她長期在大學工作，並非前線中學教師，不能隨意討論中學教育問題；後來退休以後，她更認為「不在其位，不謀其政」，不輕易參與大學教育的討論。我一方面很理解小思的分寸，但另一方面也暗暗覺得，「不在其位」或許更能高瞻遠矚。況且退休後的小思對教育的關懷有增無減。

黃　有關教育的文集《縴夫的腳步》是很好的總結。

楊　對，當中有許多重要的省思，值得稍後細細談論。今天很高興邀得昔日中文系的同事，退休後移居澳洲的鄧仕樑教授一同參與小思的訪談。我們大可從退休教授的生活談起？

仕樑兄，這次短暫回港有何感想？

鄧 以前在香港放眼望去均是綠色居多。過往我回港總是住在崇基學院的訪客宿舍，但現在據說有新條例，不能以訪客身份租住，所以今次在界限街附近租了一間小單位，窗外沒有樹木，與我印象中的香港有很大分別。小時候住在堅尼地台也能看見綠樹，爾後搬進中文大學二十多年更是蒼翠滿眼，所以這次回來感覺差別很大，連紅棉也看不見。

小思 那也是因為過了季節，紅棉是春天才開花的。

鄧 也對。我在澳洲自己種了金銀花，在花期每天早上都會採擷一些，收集起來泡茶。可惜澳洲沒有紅棉。

小思 那是自然，紅棉是嶺南一帶的名物。

楊 金銀花是一絲絲的，你怎麼擷下來泡茶？

鄧 **要趁它還未開花時採下來曬乾，要採許多才夠泡兩三次茶。十年間我已經採了幾百回，每天早上採集回來，自己做五花茶——其實是三花，沒有木棉花和槐花。**

小思 啊，你看這便是「慢活」了。

楊 **說到退休後的「慢活」，小思你退休後也有「慢活」過嗎？我看你近年創作、研究、出版不斷，相當「快活」！可否跟我們說說你的「退休生活」到底是怎樣忙碌和精彩？**

小思 真的相當「快活」。由按已定「時間表」安排的日子，走進沒「時間表」的生活，我愈來愈「自由」、「放縱」。「自由」是自我作主，「放縱」是隨意所之，我可給自己編排許多工作和遊玩節目。由於事前沒有妥善計劃，結果往往在同一段時間內，得同時趕着做幾件工作，速度就必須加快。如遇上幾項工作同時殺青，哇哇！那種「快活」，真難解難分。精彩？應是有趣、有用。

楊 **有趣、有用？能舉些例子嗎？**

小思

退休前，我大部分時間用在備課、研究上，讀一切有關的書刊。例如開「現代散文」課，我對所有現代的作品、論文都不放過。就算當代文學不列入課程，我也緊緊跟貼，一切內地、台灣、香港散文選集，我都閱讀。一九九九年，內地舉辦第一屆「新概念作文大賽」[1]，香港沒甚麼人留意時，我已在課上提及獲得一等獎的韓寒了。

退休後，我大量「雜讀」，擴展多方向的視野，包括文化、社會、書籍出版、中日關係等等，進入一個全新知識世界。你說多有趣。滿是好奇心、生趣與意趣，令人「快活」而不疲。

另外，歷來手頭積累了許多文獻資料，也因退休有閑，遇上機緣，又有人肯幫忙處理，有人肯出版，就全力投入做些事，例如出版《淪陷時期香港文學資料選（一九四一至一九四五年）》、《葉靈鳳日記箋註》。這為後人研究，補充資料，對己對人，可算「有用」。

此集收錄香港淪陷時期最具意義的文藝和文化資料，為當時的寫作狀況，提供具體的參考脈絡。此集二〇一七年由天地圖書出版。

1 新概念作文大賽是中國內地為三十歲以下青年舉辦的作文賽事，由《萌芽》雜誌社於一九九八年發起，一九九九年在全國重點大學聯合舉辦。賽事以「新概念」為宗旨，意在提倡「新思維」、「新表達」、「真體驗」，八十後作家如韓寒、郭敬明、張悅然均在比賽中獲獎而廣為人認識。韓寒於首屆獲獎的作品為〈杯中窺人〉，詳見陳佳勇等著：《首屆全國新概念作文大賽獲獎作品選（B卷）》，北京：作家出版社，一九九九年，頁405–406。

楊　**我認為你退休後也寫下了許多有具深度的遊記，例如二〇一二年你到訪白馬湖，追溯二十年代白馬湖派設立春暉中學的故事，對這「不講革命鬥爭，只求教育實踐」的「教育理想國」的嚮往，十分動人。回想這次行程，你最大的體會是甚麼？**

小思　訪白馬湖是我多年夢想。中學時代讀開明書店出版的書，朱自清、夏丏尊、葉紹鈞、豐子愷的名字與作品——後來被稱為白馬湖作家羣早進入記憶中，但對遙不可及的白馬湖春暉中學，卻沒任何認識。從事幾十年教育工作，面對大大小小因教育政策失誤而引起的問題與困惑，我不禁思考前輩究竟有沒有遇上這些困惑？他們如何應付這些問題？於是，我不斷追尋他們文學作品未有記錄的事跡，例如浙江省立第一師範學校、上虞春暉中學、上海立達學園、開明書店、《一般》等等，這些都成了我追跡的目標。其中還加入兩位教育家：經亨頤、匡互生，是我從不知道的。

近十年，內地資料開拓多了，細讀《經亨頤日記》、《匡互生與立達學園》、《立達學園史論》、《大師鑄就的春暉——一九二〇年的春暉中學》、《春暉永照》……方知前輩雖艱辛千萬，卻堅毅不屈，不忘初心。尋路艱難，理想永在，是前輩必須守住的關口。

白馬湖山水之美，抵擋不住現實政治的陰霾，他們在短暫逗留後，終得在曉風殘月的早晨，捲起行李離開。令他們往後決定展開一條文化教育新路的力量——創辦開明書店，不是白馬湖的山水之美，而是在此地遇上的打擊與困難。

那個白馬湖下午，我坐在湖畔陽光下，思緒游離在今古之間，所想的並沒在《縴夫的腳步》中那輯「白馬湖圓夢」中寫得滿。

《縴夫的腳步》收錄許多小思的教育文章。二〇一四年由中華書局出版。

崇高惟博愛　無間東西溝通學術

楊　我們談起香港中文大學，往往讓新亞書院專美。上次與陳永明兄一起，我們談了許多新亞精神，仕樑兄是一位老崇基，在你看來崇基學院有甚麼特別值得稱道的呢？

鄧　我其實也考上了新亞書院，但由於班上大部分同學都選擇入讀崇基學院，所以我便和大家進了崇基，當時對書院沒甚麼特別的概念。崇基的特色是有基督教背景，但是校方在宗教上持開放的態度，學生有選擇的自由，課程也很開放。當時崇基中文系的老師與新

亞一樣，都是南來的學者。五十年代中期，黃季剛先生[2]的三位高足，伍叔儻先生[3]在崇基任教，潘重規先生在新亞任教，高明先生[4]則在聯合任教。黃先生除了文學以外，對訓詁與聲韻也精通，潘先生比較全面繼承，但伍先生卻認為文字學對文學沒有用，（小思：伍先生很有趣，他真是位詩人。）所以他從來不談論文字學，講《文心雕龍》也並不依循黃先生的一套說法。當然，我與伍先生的理解也不盡相同，但是這正配合他的精神，不必固執於某種闡釋。系主任是鍾應梅先生，原是中山大學教授。另一位王韶生先生，在北京師範大學受學於高步瀛和黃節。

---

2 黃侃（1886–1935），字季剛，晚年自號量守居士，語言文學家。生於成都。一九〇五年後留學日本，在東京師隨章太炎習小學及經學。先後於北京大學、中央大學及金陵大學等任教授。在北京大學期間，曾向劉師培學習，精通春秋左傳家法。

3 伍俶（1897–1968），字叔儻，詩人、學者。一九二一年畢業於北京大學國文學系，曾任教於上海市聖約翰大學、光華大學，一九三六年受國立中山大學校長戴傳賢禮聘，出任中山大學中文系教授。抗戰後前往台灣，先後任台灣大學、台灣省立師範學院國文系教授，再於一九五二年赴日本東京大學、日本御茶水女子大學講學，一九五七年受崇基學院之聘，出任中文系教授。主要研究中國古代詩學，擅寫五言古詩，喜好書法，作品多發表於《國故》、《華國雜誌》以及《小說月報》等。

4 高明（1909–1992），初名同甲，字仲華，一字聞尊。一九二七年起師隨黃季剛治經學、小學。後加入國民黨從事革命北伐事業。自一九四四年起，先後任教於西北大學中文系、國立政治大學中國文學系，台灣省立師範大學國文系，後任師範大學國文研究所所長，並為教育部編標準教材。一九六〇年往香港中文大學聯合書院任教中文系。見黃慶萱：〈故國文系高明教授學述〉，《師大校友》（第三三〇期），台北：國立台灣師範大學，二〇〇六年六月，頁33–39。

伍叔儻先生教詩選、專家詩、《文心雕龍》，也不時談到文學的種種問題，例如他說喜歡《奧勃洛摩夫》(Oblomov)，此書是俄羅斯小說，以俄羅斯貴族生活為題材，伍先生從不論作品的意識形態，只討論其文學性。他認為讀書要轉益多師，與文學有關係的不是訓詁學與文字學，而是要強調文學性。《文心雕龍》的文學思想和西方理論應該相互調和，不宜割裂。中文大學第一任講座教授周法高先生早已提出，古典文學應與現代文學並重，而文學應與語言學並重。這可見中大中文系的學術取向，古典與現代本就不相悖。中文大學中文系勝在沒有包袱，可以配合時代的需要和學術發展的趨向。

小思

說起古典文學與現代文學，有人曾經指我「背叛師門」，在新亞書院考九張卷都是古典文學、語言及中國歷史，沒有學習過現代文學，竟然跑去研究現代文學。（**楊：這也算是背叛師門？**）對，的確有這樣的看法。但我認為這轉向正正因為新亞書院的開放，使我們可接受各種事物，而大學時期打下的古典文學基礎，讓我鑽研現代文學更有效。時下研究現代文學的人有些沒有甚麼古典根基，然而中國現代作家，特別是二、三十年代的作家，每一位都讀古典文學出身，懂古典，對研究他們必有幫助。這次我做《葉靈鳳日記》的箋注便知道，只有閱讀大量古典文學的人才會懂得文中的意涵，所以，若我純粹讀現代文學出身，就未必能明白他想表達的意念。不過無論如何，中大前身幾間學院，皆有剛才所提及的南來學者的開明態度，才有這種自由風氣，讓我們各取所需。

鄧　**事實上當時所開的科目都是古典文學。應該怎樣貫通古典與現代呢？當然新亞書院也請過徐訏教現代文學。**

小思　但果效並不大。原因很複雜，我不想用「排斥」一詞，但當時現代文學的確在中文系中無法取得重要位置。

鄧　**我明白。崇基聘請兼任教師講授現代文學，如水建彤先生，但比例上現代與古典實不相侔。（小思：**水建彤即桑簡流，他的散文集《西遊散墨》寫得很好。**）事實上當時我們並不認為古典與現代文學是對立的，學生在課堂上讀古典，課外卻讀許多現代文學，除非你根本不用心讀書。八十年代我和祕書長到上海邀請巴金先生到中大接受名譽學位，巴金先生問我香港的課程有甚麼安排，我回答說中學課程基本有不少古典元素，但學生課外閱讀的現代恐怕數倍於古典，包括巴老先生的書。以我就讀的聖保羅男女中學為例，高年級國文用的是港大編的《中國文選》，其實屬於大學程度的教材，四書五經全都要**

讀。但是，我與班上一些同學一起讀《魯迅全集》，從中學到大學基本上都看完了。

伍老師也不排斥現代，錢鍾書是他的學生輩，當年錢氏考庚款（庚子賠款）獎學金的卷子便是他審閱的。五十年代知道《圍城》這本書的人很少，要不是伍先生介紹，我們不會看。事實上這本書是買不到的，我只在舊書店找到一本。（小思：對，那應該是晨光社出版的吧。）對。（小思：八十年代以來，已很容易買到不同版本了。）換言之，我們並非不看現代文學的書籍，從篇幅上看，相信比讀古典為多。而我也曾提到，小思雖然讀古典文學出身，但也可以教現代文學，樊善標亦如是，特別是黃繼持先生，讀古典的人亦能成為受人尊重的現代文學學者，這是不爭的事實。我覺得就算是教古典的人也不能脫離現代，如果對當代的文風完全陌生，研究只會局限於一個很小的範圍。但是當前大陸有些古典文獻專業和學者似乎過於專門化，幸而在中文大學並沒有這種情況，一、二年級基本上要讀遍四大範疇的科目。

初版《圍城》於一九四七年由上海晨光出版。

我們不能將兩者看成割裂，現在仍然有老師擔心學生不讀古典。其實讀現代文學並不容易，有時較古典更困難。現在有許多工具協助學生研讀古典，看《尚書》也較以前容易很多，所以有些人認為學生因為避重就輕，於是紛紛研究現代文學，這恐怕是過慮的。

楊 **說回崇基的課程特色，從你（指鄧）入讀那一年便開始有通識教育？**

鄧 **崇基開辦之始就設有這類課程，當時叫「人生哲學」。一至四年級共八個學期，每個學期修讀一科。**

楊 **在這一方面，崇基的確有開放的風氣。小思在新亞畢業，但卻是崇基的老師？**

小思 我屬崇基名額內的教員。可是，我一向不會把班上學生分成屬哪個學院來看待的。不過因為崇基規定每名畢業生都要上一個屬通識的「專題研習課程」。這個課程是由不同學系學生搭配成一小組，從大三暑假開始研習一個自選課題。我非常欣賞這個課程設計，每年都會爭取負責教一組。你剛才說的人生哲學課程，再加上畢業前這個專題研習課，是很特別的訓練過程。不同學系的學生面對非自己專業的題目，從開始討論時有點「牛頭不搭馬嘴」，直至後來針對同一課題能作深入研究，我總覺得看着他們做研究、慢慢成長，我也學到許多新知識，很快樂。所以我想問你在崇基的時候，是否已經有這個課程設計？

鄧　「人生哲學」課程一個學期修讀一科，合共八科，包羅不同學科範疇。其實這個課程經過許多修訂，學生在初時有一定抗拒，但校方的立場堅定，例如沈宣仁教授就付出了很大的心力。後來我在崇基任教，參與通識教育委員會的工作，發現這個課程已經改變了許多，校方也受到一些壓力。當時的崇基校長是芝加哥大學畢業的，芝大本來重視博雅教育。我自七十年代起便在通識教育委員會內，當時通識課程因應實際需要而經歷了許多變化。小思剛才說的畢業專題研習，其實始於八十年代初，屬於「學生為本」課程。（楊：當時崇基學院已有這類課程，聯合也開始了。）對，有些學生喜歡這樣的學習模式，所以便辦下來了。他們畢業後大都會發現這課程的好處。

小思　有些專題研習課的學生，現在仍然會約我飲茶見面，他們在不同的界別裏發展。現在仍然有這個研習課嗎？

鄧　崇基現在仍有。（楊：聯合也有。）一年級有大學生活指導，最後一年有畢業專題研習。大學生活指導是十二位不同學系的學生一組，有些學生直至我退休仍然繼續見面，學生們都因為這個課堂而對大學有了不同的見解。

小思 對，那真是相當有趣的學習。我從中認識了羅大佑在香港創作的心態與過程、明白歌星形象設計是甚麼一回事、學護的甘苦、五個非文科女學生一組，向全班男生分析白先勇《孽子》中男性同性戀的文學書寫……

楊 **談及現代文學，就三院的課程而言，李輝英[5]來得很早，在聯合任教。聯合的學風，是由姚克[6]、李輝英和余光中所開展，因為校方是有意識地聘請現代文學作家來任教。而崇基又是何時開始的呢？**

5 李輝英（1911–1991），原名李連萃，筆名東籬、林山、梁晉、葉知秋等。畢業於上海中國公學大學部中文系。先後加入「左翼作家聯盟」及「北平作家協會」，抗戰期間曾加入「中華全國文藝界抗敵協會」。先後任《生生月刊》、《創作月刊》、《北平新報》副刊《文藝週刊》及《抗戰文藝》。抗戰勝利後任長春大學、東北大學教授。一九五〇年南下香港，以寫作為生。一九六三年任職於香港中文大學聯合書院中文系。一九八四年加入「中國作家協會」。著有小說《萬寶山》、《松花江上》、《霧都》、《黑色的星期天》、《名流》等；學術著作有《中國現代文學史》、《中國小說史》等

6 姚克（1905–1991），原名姚志伊、姚莘農。翻譯家、劇作家。畢業於東吳大學。一九三七年「盧溝橋事件」後發起創辦「中國劇作家協會」，後往美國耶魯大學戲劇學院進修，並於聖約翰大學及復旦大學任教，同時參與戲劇演出。一九四〇年與費穆創建天風劇團。一九四八年赴香港，在香港中文大學新亞及聯合書院任教。一九六八年赴美國夏威夷大學任教現代中國文學及中國哲學史。

鄧 在六十年代末，崇基學院也請了李輝英來兼教現代文學。(**楊：黃繼持是否也有開辦現代文學課程？**) 那是後期的事了，早期他教《莊子》、《荀子》，後來也教作家課程。

楊 那第一科現代科目是誰任教的？新亞最早是徐訏[7]，但那是兼課。(**小思：**新亞是沒有專任的現代文學老師的。) 對，那麼專任的現代文學老師是由誰開始呢？可能直至你(**指小思**)的時代才開始呢！

鄧 沒有，當時小思也是古典兼教現代，並沒有專任現代文學的老師。

小思 我當時進入中文系，他們還要我開魏晉南北朝文學史課呢！那是文學史裏的其中一門課，樊善標便是那時候被我的課所折騰的(眾笑)。余光中來中大，他開了新的現代文學創作教學，但也沒有講現代文學史。

7 徐訏(1908–1980)，本名徐傳琮，字伯訏。一九三一年畢業於北京大學哲學，後轉至該校心理學系攻讀碩士，再於一九三六年赴法國留學，回國後居上海。曾於上海任《人間世》月刊編輯。一九五〇年赴香港定居，先後在新加坡、香港多所大學任教，先後任香港中文大學中文系教授，香港浸會學院文學院院長兼中文系主任，並在香港與曹聚仁等創辦創墾出版社，合辦《熱風》半月刊。一九八〇年在香港去世。

楊　**崇基沒有專任現代文學老師？**

鄧　**崇基的都是兼任。中文大學的課程其實是一九七八年才正式整合，在此之前都是各自延請老師。**

小思　無論如何，聯合是最早較有系統地開現代文學課的。（**楊：對，你能清楚地看見李輝英任系主任。**）對，更重要是，當初姚克添購的中國近現代話劇劇本，那批書集中起來，成為現在香港中文大學圖書館一項重要文學特藏[8]，貢獻極大。所以有好的老師在，對大學院校是非常重要的。

鄧　**大抵當時香港的大學都比較開放。老師們當然是各有各的想法，但是來到香港這地方，至少沒有太多禁忌與規範。這是香港地理與政治環境所造成的。**

8　此處指姚克來港時添購的戲劇叢書，後來收入了中大圖書館的「中國現代戲劇特藏」，前身為「聯合戲劇特藏」。

香港教育現況：閱讀能力、範文、普教中

楊　現在大學的評審也重視社會影響力（social impact factor），如何評價中文系畢業生對社會的影響？

鄧　中大中文系成立五十年，我們畢業生在許多方面應該都有影響力。前些時跟一些畢業生吃飯，有校友提及香港有些人對中文課程有意見，以為今天學生中文程度差，是課程改革的後遺症，當局不得不把範文重新納入課程。我說起PISA（Programme for International Student Assessment），這是國際大型學生能力評估計劃，每幾年舉行一次，幾十個國家數十萬學生參加。計劃的目的是評估學生語文、數學、科學的能力，沒有特定課程，更不必操練，由國際認可的專家設計，足以測試學生的真正能力。結果香港學生的語文閱讀理解能力數一數二，遠勝於美、加、澳洲，這算不算近年語文教學改革的成果呢？

我對校友說當前教學有令人欽羨的成效，卻受到種種責難，而且不大聽到辯解的聲音，這都令我大惑不解。其實教育局大可振振有辭說，香港語文教學有了不起的成就，豈非改革之功？總之理想的語文教學，是讓學生養成良好的讀書習慣，能思考，有體會，善表達，知道學習不是操練過關的功夫，而是一輩子受用的事。

楊　關於語文教育改革，近年翻來覆去還是應否保留「範文」的問題，仕樑兄有甚麼看法？

鄧　教育本來要開發學生的能力，使他們能應付未來的需要。我們這一代人習慣讀所謂「範文」，有些人很受用，就沒有甚麼不妥，最大的弊端可能是受那幾篇範文局限了，視野不免偏狹，而且靠操練應付考試，見不出真正能力，過多操練會抹殺閱讀的興趣。有些地區學校的語文科不大有「家課」，但學生每星期看一兩本書，畢業後仍保持閱讀習慣。其實即便沒有指定課文，教師大可一仍舊貫，教那幾篇範文。如果說考試不考就不用教，那正違背了教育的原意。有些人以為回復範文就是撥亂反正，明白了課程的設計原意，豈不可笑？當然，沒有範文的話，有些老師可能不習慣自行設計課程，那麼教育學院就該培訓能勝任的老師。

小思　補充一下，現在年輕一輩的老師很擔心設範文，他們不懂如何教，因為在中學時期沒學過。

楊　有些老師對文言文簡直是害怕。

鄧 這當然也是問題。但如果說沒有學過就不能教，恐怕是不能成立的。將來的教師，教的東西相信大部分是自己當學生時期沒有學過的。害怕文言，恐怕只是心理障礙，老師有責任使學生相信搞通了文言，就可以掌握上下幾千年的作品。我從來有個想法，就是時代進步了，學習甚麼都應該要比過去有效率。比如相對論初推出，理解的人很少，現在則物理系學生都不可能不懂。那麼語文何獨不然！今天累積了許多研究成果和經驗，建立了有效的工具和方法，我們對古代的認識必然比過去深刻，治文言也必然比過去進步。相信何志華、樊善標他們研究古代文獻的，讀古書的能力比我們都強。我從來不相信中文系學生治古典會比前幾輩差，不然學術哪裏還有進步？老以為一代不如一代，是讀中文的人最大的固執和誤解。

楊 一方面擔心沒有範文便沒有「揸拿」（把握），有了範文又擔心範文太多，更擔心不懂得怎樣教，我以為這是陷入了一個畫地為牢的「怪圈」，其實中國語文由古到今一脈相承，根本無須也不大可能劃分文言白話的界限，不同時代的文章各有不同的語文和思想特色，也沒有需要視個別篇章為「模範」或以之作為「規範」的標準。第一語言的教學有別於外語的學習，我以為不宜太講究理論、分析以至是取法乎下的所謂「語譯」。回顧自己大半生學中文教中文的經驗，無甚高論的「秘笈」不外大量閱讀，積蓄語料和培養語感。語料的來源，古人用的是《三字經》、《千字文》等「蒙書」，今人可用可不用，我則以為「成語」便是最現「成」的「語」料，「成語故事」更是切入中國文化的最佳啟蒙教材。至於培養語感，當然離不開閱讀和背誦。閱讀不妨由小說引入，小說中例如《紅樓夢》的語文很「白」，魯迅小說的語文頗「文」，金庸小說蘊含不少傳統文化元素，大量閱讀，便是語言文化薰陶感染之源。至於記憶和背誦，當然是繞不過去的學習環節，要掌握文言語感，我以為有一二十篇文章、三四十首詩詞，以朗讀熟誦為度便可有成效，當然也可因應學者的投入程度而增減。

小思

我收藏一些自清末民初以來的中小學國文教科書，綜觀一下，所得印象，自五四白話文運動始，一直以來，中國國文教科書編排選材，從不缺選文言範文，且從不分文學、語言，範文佔量甚多。一代傳一代，無論老師教法如何不同，學生都必讀範文，傳統沒因有白話文興起而中斷過。畢業生當了中文教師，教文言範文，有前輩教法師承依傍，再加新式教學法及材料豐富的教科書協助，語感語料充足，自有把握。可是一旦範文在規定課程中消失，新一輩教師無法可依，怕教文言文，恐怕已經不是心理障礙，而是課程設計曾出現斷層，令他們失路迷途。我不責怪年輕一輩教師。

最近重新添入範文，說重一點，算迷途知返，可是文統中斷過，又要需時從頭啓航了。

楊 換個熱門話題，對於「普教中」(以普通話為中國語文科的教學語言)，你們又有甚麼看法？

鄧 我寫過文章，說如果掌握得宜，普教中當然也可以，但要跟棄用母語比較，看看到底孰得孰失。我有個世姪女的姨甥進了國際學校，校方只准用英語和普通話，講廣州話是要受罰的，所以她回家後使用廣州話覺得很彆扭，結果不太適應日常生活，只好往紐西蘭升學。

事實上使用母語是每個人的基本權利，但基於政治或其他原因，有人認為用普通話就是高級，甘於棄用母語，真是忘其故步的活生生例子。普通話當然要學，我們在七十年代的研討會已經提出加強普通話教學，但視母語為不能登大雅之堂，那是把問題扭曲了。以為非普教中不能學好中文，在學理上不能成立。這問題我早有詳細的論證。

楊 **對，這是很政治化的想法。從教育原理來說，為了學好一種非母語的語言而要用該種語言來教授其他學科甚至全部學科，結果便是削弱甚至犧牲了對那些學科的理解和吸收。學好普通話，以至學好英文英語，固然十分重要，但是以之為教學語言便是違背了母語才是最能入耳通心的教育原理。**

小思 唉！我又要「講古」了。我沒研究語言教育原理，沒想過語言理解運用與政治的關係。我只談香港五十年代初讀小學的情況。

自小學一年級開始，上課老師説廣東話，用廣東話教一切科目。但有國音堂，教國語（那時不叫普通話）拼音，學白話詞語、唸成語。二、三年級讀片段白話文、古詩、古文。作文一時規定用白話，一時指定用文言。六年級畢業，人人都懂廣東話和一點國語，也懂寫一點文言文——寫得好不好是另一回事。英殖民地教育官員沒下令實施「普教中」，我們卻樣樣懂得，就是那麼簡單。這是甚麼原理？讓專家找答案好了。

中文系教育今昔：學術的個性

楊　**說到中大中文系的課程特色，必修的「專題研究」，即撰寫畢業論文，應該是很特別的。**

小思　這些課程設計也是應該談談的。中文系是否試過取消必修畢業論文？

黃　**試過轉為選修科。但大學改回四年制後又變回必修科。**

小思　那恐怕又會怨聲載道了。從前，儘管同學每年從暑假開始準備論文過程很吃力，完成論文，就算步出社會後不再從事學術相關行業，普遍也會認為那一年很珍貴。因為在職場上，許多時候受益於當時訓練得來的資料搜集功夫。而且做過畢業論文，才知道甚麼是屬於自己的學問，這些都是已投身社會的中文系學生的感言。當然，老師指導畢業論文是辛苦的，學生在撰寫過程中若有差池的話，老師指導更覺疲憊。但是，再「論盡」的學生也會受益於這份畢業論文，因為擁有自己的代表作。

鄧　**教書本來是學習的過程，有些由學生提出的問題，會迫使老師有所思考，所以老師與學生其實是一起學習。我的意見與某些老師不同，比如畢業班的專題研究本要求寫論文的**

學生一起上課，但有些老師認為單對單指導便行了，因為每個同學研究的題目不同，他人不必參與。但我很堅持一定要一起上課。（**小思、楊**：一定要一起上課的。）

小思　有些課程設計如果試驗效果好，證明做得對，是要堅持的。

鄧　我認為做研究的確需要這樣的。我在九十年代初當過浸會大學中文系課程校外評審委員會主席，在正名為大學時，浸會對此非常重視，把專題研究論文稱為Honours Project，若然沒有修讀此科不會獲得「榮譽」學位，因為沒有修讀這科的話並不能算作研究。我認為這是不能棄守的，若然中文大學認為學生應該都有研究的經驗，就必須要保留這科。

我曾把《問學三集》（載有畢業生的論文十餘篇）寄給柳存仁教授，柳教授在四、五十年前曾任中文系的校外委員，他說想不到現在的學生能寫出這樣的論文，當年我們其實沒有寫合規格論文的訓練，後來卻教出能寫的學生。

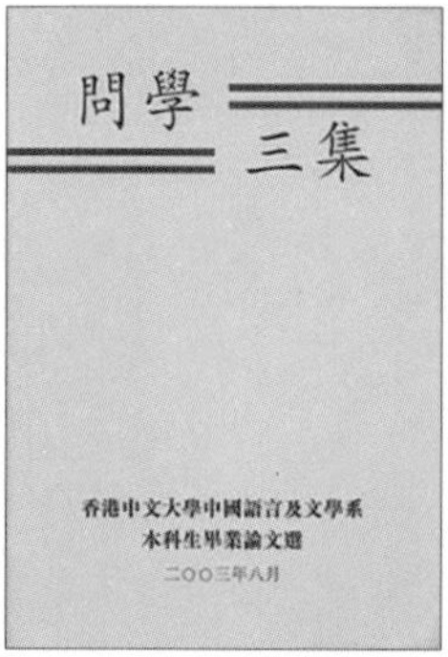

《問學三集》收錄大學生的優秀畢業論文十餘篇，二〇一三年由中文大學中文系出版。

小思 當年我們怎會懂得寫學術論文呢？回想自己到京都大學遊學，平岡武夫先生要我發表論文時，我多恐懼！甚麼叫論文？連要用引文、要加注釋，一切論文格式都不懂，現在，想起來真慚愧。

鄧 所以你們（指黃）也是幸福的，我們雖然不懂寫論文，後來竟不能不懂得教！（眾笑）

楊 現在他們所寫的注釋比我們當時仔細很多，我們連做注的觀念也沒有。

黃 也因為現在的學術工具發展得好。現在學生打一個關鍵字便甚麼資料都能找出來了，也是圖書館的功勞。

鄧 崇基四年級時我們做的畢業論文，是參照一九四九年前國內大學的體制。我的〈謝靈運詩論〉寫了好幾萬字，但沒有注釋，也不用列出參考書目。

小思 那時都不下注解，結果後來都不知道那些資料來自甚麼書籍。

黃 **但客觀而言，作為一個論文讀者，你們會否覺得當年的論文有神采一點？現在因為某種格式的規範，令大部分論文都是類近的樣子。**

小思 這的確是。因為你們已經有了某一個格局，一開始就是大綱、背景、定義，其實也不差，特別是初學習時，這些都是基本功，等同扎馬步，要按照特定的套路。但某些文章卻為了某些理論來服務，「生安白造」也要加上你相信的那套理論、那一把尺來量度。

楊 **現在有些人要製造一個集團，互相引用對方的文章，來增加引用次數。**

鄧 **學術界裏的確有這類行為，一旦形式化便會出現。**

小思 這使某些人沒有了個性，你用一個框來框住便會這樣，然而過分有個性也並非好事，所以如何拿捏分寸也是一個問題。

鄧 **學術評審隨時變易。像當年伍叔儻先生常說，誰的學問好，朋友之間都知道，不是計算你的論文或專著來升級的，大家認為你學問好便可以升級。現在一切都量化了，每樣都**

要計算，像論文有多少人引用、在哪些地方刊登。量化當然有量化的好處，但是亦有弊端。

小思 所以不是哪個制度好與不好，關鍵是運用的人如何準確拿捏。

黃 **那麼我們怎樣才可以取回個性呢？**

小思 我也不知道。因為當年我寫了些過分刻板的論文，完全服從資料，結果真的沒有了自己。現在回頭看，也不知道這些論文想表達甚麼，因為把資料都鋪陳好，不代表就有自己的見解，這是我最大的缺點，也是我後來不再寫論文的原因之一，因為我尚未把資料消化，只是相信資料可以為我說明一切。當然，現在我同樣相信資料可以說話，但一個人的個性如何、運用資料的方式如何，也是非常重要的。

黃 **但我們覺得您很有個性，例如聽您演講談論如何從廣告中研究香港文學時，我便覺得如果自己的研究可以有這樣有趣的角度便好了。**

小思 但這些不是學術論文，不能放進國際的學術論文集。

楊 **小思所做的研究資料很豐富、很扎實。但她講書課時卻完全不同，熱情傾注，大有個性。現在透過訪談便是最好的機會，讓小思在沒有甚麼規範之下再次談論自己的香港文學研究。**

小思 我認為還有一件事，那便是時勢的問題。鄧先生任系主任時，尚未有迫切需要我們交論文來提高評級，若是強制的話，我也一定要寫。所以我常認為自己幸運，當時並沒有這些要求，不然可慘了，評核過不了關，升不了級事少，革職事大。在中大任職最後幾年，我基本上沒參加多少個學術會議。

鄧 **剛才所提到的個性問題，其實每個人寫論文到了一定的層次，定必發展出自己的個性來。所以有學生向我說，在我的論文中看出一些幽默感。我不時看西方音樂評論，評論者往往有明顯的個性，後來在澳洲也看一些名家的酒評，發現評酒也可以有個人風格。所以，任何評論到某一個層次定必表現到個性，這是不必擔心的。**

小思　也對。其實自從《香港文縱》起我便沒有再怎樣寫論文，現在偶爾再寫，也不再用硬的資料，而是憑自己想法自然流露。

楊　**你寫蕭紅便沒有硬梆梆。所以我認為你現在應該消化一下，再回顧一些作家，在訪談裏娓娓道來，其實也是很不錯的。說回幽默感，我認為你（指鄧）創作那些五言古詩是很有幽默感的，內裏很有趣味。**

小思　他是伍老的嫡傳弟子，這種傳承，有時候被老師影響了卻不自知。

鄧　**據說連發電報都可以認得出由誰發出來，雖然都是用同一組密碼，卻是各有個人風格的，有些人就能聽得出是誰打出的電報。就像鋼琴演奏，鋼琴名家 Wilhelm Kempff 所說，彈鋼琴不難，只要在適當的時候用適當的力度將手按在適當的位置，這當然是幽默的說法。但甚麼叫適當？這就取決於個性和天分。就算奏同一樂譜，每個人的風格、力度、音色也可以完全不同，一流於機械化便會失去特色，只要慢慢練習風格就自然會出來。**

楊　**總有好的或壞的風格，風格一詞本來是中性的。**

小思　伍老的詩可否替他整理出版呢？我常常聽你們提及他，感到他是位非常有趣的人。

鄧　**他的確不羈，聽說當年他曾與錢穆先生頂撞。錢穆先生請過伍先生教《文選》，結果一學期來只教了半篇，因為他總是天南地北談論許多東西，假如要求他像現在學位課程規範般教學，那定是不行的。**

小思　對有真材實學、思想靈活的人來說，這是多姿多彩的教學方式，他忽然間岔開一筆，談一句詩中的某一點，可能是他畢生所學精華所在，發散光輝斑斕。當然學生也得懂得吸收消化，融入自己生命中才有用。記得鄭騫先生由台灣來新亞教詩詞選，他講到杜甫〈後出塞〉：「落日照大旗」，講了許多詩話詩評後，忽然不講下一句：「馬鳴風蕭蕭」，卻岔開一筆，轉講溫庭筠〈菩薩蠻〉：「小山重疊金明滅，鬢雲欲度香腮雪」，他問此時眼中忽然金光聚焦在情人髮絲上，二者用「光」感覺如何？我們全都正沉醉在「金明滅」「香腮雪」的當兒，他就講到「壯美」與「柔美、婉約」之別。鄭先生也可以引起討論許多其他的事物。

我知道許多關於伍先生的幽默、瀟灑事跡。（**黃：令人很想聽。**）那你請鄧先生說些伍老的事情。

鄧 伍先生離開大陸前是中央大學國文系系主任，後來隨國民政府到台灣大學任教，但他不太滿意當時的政府，加上婚姻問題，便決定接受日本大學的聘約，在日本過了幾年。當時崇基學院很窮，（**楊：大概是甚麼時候？**）一九五七年左右，崇基請他從日本來上任時連船票都不能承擔，鍾應梅先生寫信說要請他自行買票來上任，感到非常不好意思，伍先生就寫十個字作回信：「男兒重意氣，何用錢刀為！」

小思 你看，多麼瀟灑！五十年代的崇基當然是窮了，因為當時仍未有津貼。

鄧 伍先生當時在青年會住，租一間房，常說自己還是「青年」。佘先生（按：佘汝豐先生）當年在青年會做工讀生，負責接聽電話，常常見到伍老。佘先生當年是曾克耑先生詩選課的學生。我聽過曾先生的課堂，而潘重規先生的課我也有旁聽過，後來在中大研究院修讀了潘老師的《詩經》課。

小思 那你倒是經常來新亞聽課，反而我們卻沒有到崇基聽課，因為當時乘火車很麻煩，一小時才有一班火車。

鄧 一九六三年中文大學成立後，開設了院系課程，有三科共同課程，包括文字學、《文心雕龍》、詞選，就在大會堂高座上課。

小思 我一九六四年畢業，但為何沒有上過這類課程？

鄧 那是一九六七年後才慢慢成立的課程，剛開始仍然是分別請老師開科的。後來合併，職級是高級講師以上由大學聘請，以下的由書院各自聘請，直至一九七八年便歸於一統。

黃 剛才說到中大中文系已成立超過五十年，幾位老師覺得中文系在現今社會上扮演甚麼角色呢？理想中的中文系應該是如何呢？

鄧 中文系作為大學的一個學系，大學對所有大學生都應該有共同的要求，我們訓練的學生應該有獨立思考，形成獨立的人格，將來在社會上是一個有獨立貢獻的角色。當然中文系有自己對語言文學的專業，在這些專業的範疇上應該有特別的要求，隨着時代不同而演變。當時我們認為每位學生能夠寫一篇似模似樣的學術論文，對中國語言文學有一定的認識，有一定的解決問題的能力。撰寫研究論文其實也就是學習解決問題，對許多學生而言，這篇論文可能是他最後一篇，但無論以後他當一名行政人員也好、普通職員也好，也因寫過論文，做過研究而學懂解決問題。其實不一定要在某一方面達至甚麼目標，在大學裏學會基本的東西便可以，因為這只是開始，將來還有許多路要走。問題是在這些基本的訓練是否足夠讓學生們獨立起來，學懂思考、求上進。事實上作為大學畢業生，一定要讀書，現在許多教師都說自己沒有時間讀書，但不讀書是不能教書的，當然我希望他們這樣說其實只是埋怨沒有足夠的時間多讀。現在的人愈來愈長壽了，八十歲才退休是絕不出奇的事，二十歲大學畢業的話，即是有六十年工作時間，如果你不求進步就沒有前景了。

楊

中大文學院裏有個藝術系，藝術系的課程規劃，學科和術科是兩個大類，術科就是教創作，而學科除了美術史，也重視藝術評論。這個設計或者可以給中文系一些啟示，文學既然是藝術的一種，所以文學教育當然應該給文藝創作和文學評論一定的位置。幾十年來，在中國語言文學系的設計上，也曾出現過中文系應否培養作家以至如何培養作家的議題。在這方面，我們倒是相當「先進」的，在六十年代我唸中文系的時候，詩選、詞選固然有詩詞習作，修楚辭要作賦，修陶詩要作五古，還有「各體文習作」的專科。至於文學評論方面，我以為是相當重要的，可是在中大中文系課程中則是相對地缺乏，以前《文心雕龍》曾是必修課，後來改為選修，甚至不開設了。中文系的課程，語文、文化、文學，再加傳統與現代的分類，包羅萬有，可真難於兼顧，但是既然談到社會角色和定位，則在創作和評論方面的功能顯然是須要加強的。此外，在語文的研究方面，傳統的文字、聲韻、訓詁之學，如何與現代語言學接軌，也是值得有關專家探討的。

小思

其實近二、三十年來，中文大學中文系的課程已有許多改變。不過，在考慮保持定位及與社會時代配合方面，有時的確要小心分寸。

理想中的中文系應該是如何？首先中文系先得定位為保持傳統中國文化文統的傳授責任。以至如何培養作家，我認為開設創作理論、寫作訓練課，對培養作家沒有必然作用，一個人能否成為作家，天分、個性、興趣更重要。老師給鼓勵、實踐機會、同儕志同道合或比拚，才易見真章。

締夫的信仰：言教與身教、德育與美育

小思 我想請教鄧先生一個問題，因為現在許多外國回來的老師常說，在大學只教自己所懂得的知識，但不懂得教人，換言之，即是不教道德的事。聽說現在大學生上課喜歡玩手機、傳短訊又或是吃飯盒，都是沒有辦法的事。有許多人都覺得這是尊重人權，每個學生有他的自由。我們中文系的老師是否仍然要固執地教學生為學與做人呢？

鄧 **我倒相信任何老師在教學生做人方面都要負上責任。當然，這並不代表要教條式地教導。剛才提及風格，其實任何學科的老師如數學家都有自己的風格，修不同人的課，你所體會的會不同，因為在處理問題上會有不同風格。當年楊先生大力推動 STOT (Student Orientated Teaching Courses，即「學生為本」專題研習課程），有許多老師都不太接受，認為學生怎會懂得自己思考？永遠只有老師教學生，學生學會一點皮毛已經很好了。但我認為這種想法不對，其實學生在討論的過程中可能會教懂我們一些東西，不止是大專生，就算是中學生也有啟發老師的地方。任何老師都需要這樣的教學方式，當然老師或較開放或較保守，但你不能完全不接受他人的意見。**

小思　為何我會這樣問？是因為有些年輕一輩的大學教師曾在報上撰文說，他們並不需要負責學生的人格教育。

黃　這是知識專業化衍生的問題。

小思　我曾問過一位醫學院的老師，要不要設一科「醫德」？他說人本來就應有道德操守。醫德是由人的基本道德做起，再加專業關懷而已，老師應隨機講授，不必特設一科。

鄧　伍先生在北京大學畢業，第一年回到温州中學教書，後來北京師範大學的錢谷融教授就是他當時的學生。中學裏有一科名為「修身」，伍老當時只有二十出頭，有些學生比他還年長，他說自己不敢教「修身」一科，結果找來別的老師代教，為此還被扣了幾元薪金。有次他走過課室，看見一位老先生在教此科，對學生說「做人要好，愈好愈好」，伍先生說很後悔自己不教，如果「修身」只是這樣教，那麼他也可以教。如果教學生做人，只是叫他們要有崇高的道德之類，那是沒有用的。反而你怎樣做人，學生便從你身上體會到怎樣做人。這並不是讀幾篇《論語》便有道德，而是要看老師、父母怎樣做

人，這正是啟發下一代的關鍵。像小思所提及的那些老師，對學生完全疏離、不關心的話，自然是不對的。

小思 即是說，最重要的仍然是有心，疏離其實就是沒有心。

剛才鄧先生說：「大學對所有大學生都應該有共同的要求。」我想起錢穆先生訂的〈新亞學規〉。開首幾則：「求學與做人，貴能齊頭並進，更貴能融通合一」，「做人的最高基礎在求學，求學之最高旨趣在做人」，「愛家庭、愛師友、愛國家、愛民族、愛人類，為求學做人之中心基點。對人類文化有了解，對社會事業有貢獻，為求學做人之嚮往目標。」這正是大學對大學生應有要求。今天社會過分強調個人權益自由，不多讀書，不立志求學，遂失做人基點。

黃 **《縴夫的腳步》收有一篇散文〈講心〉[9]（全文見本章附錄一，第221頁），裏面提到「用心」讀豐子愷先生《護生畫集》的方法，並指出「**心不在焉，即不用心投向當前人和事，必然粗疏錯漏百出，害人誤事，惹來不幸。**」說得很好。**

9 小思：〈講心〉，《明報・一瞥心思》，二〇〇九年七月廿六日。

鄧　**文化、文學的教育當然非常切身，但事實上即使教物理，一位老師如何處理物理學上的問題，如何做實驗，對於別人的研究成果如何對待，如何處理自己不成功的研究，這些都會影響學生。**

小思　對，我認為就算是教理科，也可以有心的。中大曾經聘請一位獲得諾貝爾獎的地理學家，我曾寫過一篇文章介紹他。[10]他並不只是懂得地理知識，認為更重要的是自己關心自然界的一山一石。中學的時候有位老師教他如何看等高線圖，他從中發現了生命所在，於是以後便決定走這條路。這證明學科學的人都會「講心」，而不是唯物的。

黃　**您另有一篇散文〈為誰風露立中宵〉[11]（全文見本章附錄二，第223頁），記廖慶齊老師創設香港太空館之事，憶起當年了解星空後如何發現唐詩宋詞的另一迷人境界——「星垂平野闊，月湧大江流」，「人生不相見，動如參與商」——意境幽美、哲理蒼涼。這都是文理合璧，人生與學問殊途同歸的好例子。**

10　小思：〈忠於內心的呼喚〉，《明報》，二〇一〇年二月六日。

11　小思：〈為誰風露立中宵〉，《明報》，二〇一一年六月五日。

楊　說到《緯夫的腳步》這本教育文集，必要一提〈教育的信仰〉（全文見本章附錄三，第225頁）一篇。這既是小思為《香港教育大零落》一書所寫的序，也是一九二四年朱自清在《春暉》所寫的一篇文章。小思說讀着「以温柔敦厚見稱的朱自清文章，不禁驚訝他筆下對當時的教育官僚、校長竟如此不留情面。」比諸温柔敦厚的小思，她在二〇〇三年「香港教育學院傑出教育家獎」頒獎禮上為當前教育同工發聲、對教育決策者的批評，不也是遙相呼應嗎？[12]我認為這部書正好說明了，緯夫的比喻，並不單指教育工作者逆流而上，埋頭苦幹的一面，他們也應有仰首前方的信仰。這次很高興與兩位從昔日中文系教育，一直談到當前中學教育的理念。這再一次說明了，即使小思經已退休多年，緯夫的腳步還是前進不息，深深的足跡仍感動每一位教師。這大概就是朱自清所說的：「權威是冷的，權威所寓的法則也是冷」，「教育者必須與學生共在一個『情之流』中」。我們都應該有信仰，都不應放棄。

12　小思：〈緯夫的腳步（代序）〉，《緯夫的腳步》，香港：中華書局，二〇一四年二月，頁i至vi。

小思

再引〈新亞學規〉一則：「完成偉大的學業與偉大事業之最高心情，在敬愛自然，敬愛社會，敬愛人類的歷史與文化，敬愛對此一切的知識，敬愛傳授我此一切知識之師友，敬愛我此立志擔當繼續此諸學業與事業者之自身人格。」

在薄愛缺敬的世代，人人都應有縴夫的信仰。誠心所願。

附錄一

講心

小思

重重欲障，惹出無數災孽。刀光血影，詭計多端，恐怕就因人講欲多而講心少而來。心不在焉，即不用心投向當前人和事，必然粗疏錯漏百出，害人誤事，惹來不幸。佛說心淨蓮開，自有一番景象。回歸省思，就有內心和平。

心，很抽象，也很真實。講心，原來是這樣子的：

豐子愷先生一九二九年為弘一法師祝壽，遵從師訓，繪成《護生畫集》。在抗日戰爭時，有人批評豐先生講護生不合時宜。那些妄評者一定沒讀到第一集馬一浮先生寫的序：「知生則知畫矣。知畫則知心矣。知護心則知護生矣。吾願讀是畫者，善護其心。」護生，是源於一切關懷。一切關懷則源於永存善心，也就是護心了。

黃貴權醫生在「光影神韻」展覽的錄像訪問中說：「意的捕捉沒得傳授。」「心的重要遠比機械重要。」張五常也對他如此評價：「非技術也，非器材也。天賦也，性情中人也。」在展品中，多見他就把心凝定在剎那間，捕捉了人與物的意態，心神合一，遂成他的傑作。

方育平回顧自己的作品時，幾乎沒有提到技巧，卻強調了「愛心」。他說題材重點在有人的愛。這點心乃來自父母。在貧困中仍懂以愛心關顧鄰人，這影響他日後拍電影時，也以心的真去關顧觀眾，追求真實人生。我們從他的《野孩子》、《父子情》、《半邊人》，完全可以明白「心」的重要。

商業電台一台也標出「由心出發」口號，那便是最簡約、直接的呼喚，平民易懂的講法了。

忽然，人欲氾濫，人已走到山窮水盡，是回頭講心的時候了。

刊於《明報・一瞥心思》二〇〇九年七月二十六日

附錄二

為誰風露立中宵

小思

電視上看見美國加州薩利納斯市一座房子頂天花板緩緩打開，戴着毛冷帽子、穿了厚重衣服的廖慶齊老師在天文望遠鏡前，動作幾乎跟幾十年前在新界村屋後院、水庫堤上教我們觀星時一模一樣。

八十歲、白髮稀疏的廖老師，年輕時曾以無限執着而熱誠的態度，感動我這對天空星辰一無所知的校外課程學生，每周上課，用功研讀他介紹的天文書刊，冒着寒冷，捱更抵夜隨他觀星去。

他說今天對太空的熱情不亞於初中生，唉！老師真不知道如今的初中生根本無法觀天，更無觀天熱情。想當年，我去學習，最初也非懷着了解星空的念頭，而是為了文學。唸唐詩宋詞，發現文人筆下，天空另一種迷人境界。初讀杜甫〈旅夜書懷〉：「星垂平野闊，月湧大江流」，香港城市人就聯想不到星如何可垂，月怎樣湧。讀楊凝

〈夜泊渭津〉：「遠處星垂岸，中流月滿船」，感覺美得很，但總以為虛擬之景罷了。還有「人生不相見，動如參與商」的蒼涼哲理，「氣沖斗牛」的描繪表示甚麼，通通有隔極之感。在沒有光害的地方，仰望夜空，才恍然大悟。通過天文望遠鏡首次觀察月球表面，或忽然流星一閃，或認出最容易認的獵户座，都心靈觸動。

廖老師為香港創設第一座太空館，遇上的困難，恐怕非一般人能想像。萬般困苦，沒文字記載，他也埋藏心底沒說。如果不是他愛得深切，願意抵受一切壓力，香港太空館不易設備周全。坐在太空館天象廳，我首次體認人的渺小，在浩瀚太空，我們還有何傲氣？只爭朝夕，未免可笑。

廖老師，謝謝您當年啟悟。遙祝珍攝。

刊於《明報・一瞥心思》二〇一一年六月五日

附錄三

教育的信仰

小思

我借用了八十八年前朱自清寫的一篇文章題目，只因我們面對的難題，我們需要反省的，都盡在他那文章中了。不過，讀後還是真為今天的香港教育情況慶幸，我們儘管對香港教育諸多不滿，對比起八十多年前的中國，今天已經極大開明和進步了。可是，進步了仍有許多困局有待解決，我們今天需要的，仍然是「教育的信仰」！

讀着一九二四年以溫柔敦厚見稱的朱自清文章，不禁驚訝他筆下對當時的教育官僚、校長竟如此不留情面。從關心學生教育出發，他無法忍受教育行政官僚與校長的權勢勾結，甚至連教師也墮落至不堪的情況——他舉了一些實例，簡直令人吃驚。他對腐敗、劣行的教育界，痛恨極了。歸根究柢，他認為「都因一般教育者將教育看做一種手段，而不看做目的，所以一糟至此！校長教師們既將教育看做權勢和金錢的階梯，學生們自然也將教育看做取得資格的階梯；於是彼此都披了『教育』的皮，在變自己的戲法！戲法變得無論巧妙與笨拙，教育的價值卻已絲毫不存在！教育的價值是在培養健全的人格，這已成了老生常談了。」

面對當時不健康的教育政策缺失，他提出「為學」與「做人」是教育應當並重的。由於為了滿足功利、要求效率，迷信數字，太重視學業成績，教育者只能用「課功、任法、尚嚴」三道關卡來控制學生，不再在培養健全人格方面下功夫，這便成了「跛的教育」，學生無法成為堂堂正正的人。堂正的人，「是要逐層培養的，不是可以按鐘點教授的。」而教育者先須有堅貞的教育信仰。

甚麼是教育信仰？就是從事教育工作的人，我想這些人應包括了教育官僚、教育決策者、教育理論家、校長、教師，都不能偏於一己之見，不考慮全局而重功利，信任權威法則，如此極易偏枯。朱自清說：「權威是冷的，權威所寓的法則也是冷」，「教育者必須與學生共在一個『情之流』中」。

「教育者須對於教育有信仰心，如宗教徒對於他的上帝一樣；教育者須有健全的人格，尤其有深廣的愛。」也許，在許多人心中這真是老生常談，但與空氣，營養一樣，不能因它們老已存在，而不需要再談。

我深信香港教育界仍存在無數不以一己之私，為下一代全身奉獻的工作者，否則也不會寫出這本書來。

二〇一二年四月二十九日（此文為《香港教育大零落》之序）

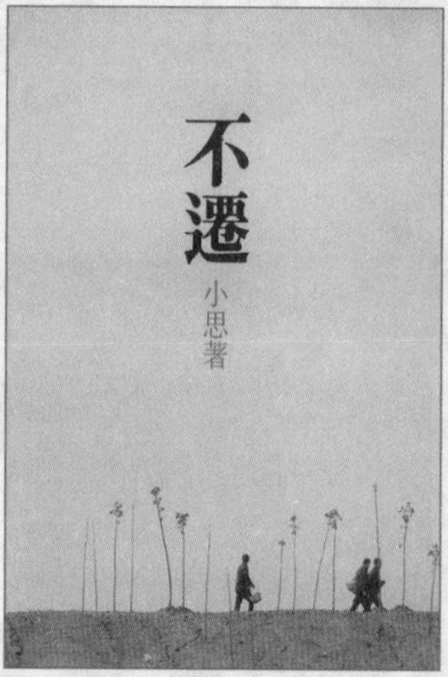

給香港的情書

「三十多年前，我這樣說過：『躲在安樂窩裏久了，人變得怠慢軟弱，也漸漸安於這種境況，有時甚至慶幸自己能這樣活着。長久的不思索不反省，沒有奮進的要求，人就會喪失應付變動的能力。』在前輩身上，我卻發現他們在變動劇烈的時代，在失敗徬徨的時候，學會認真思索，發現問題，徹底自我更新，作生命奮進。這幾年對香港人來說，正面臨前所未有的大變動，自我更新，求變求進，正在此時。」

楊：楊鍾基教授　樊：樊善標教授　黃：黃念欣教授

香港情書　不變不遷

楊　來到訪談錄的最後一章〈給香港的情書〉，標題是本書的編輯劉偉成所定，他有詩人氣質，題目也定得有趣——我們都聽過「香港家書」，小思也出版過散文集《香港家書》，可甚麼是「給香港的情書」？到底可以怎樣給香港寫一封「情書」？今天再想想，終於看出道理：小思你這些年為香港寫下的散文與研究，其中的情意與心力，已非「家書」所能形容，早已是一封綿綿不盡的「情書」了。

小思　寫情書，是一件很危險的事。無論坦率直書，或含蓄暗示，都有誤讀危機。給命運無主、生態多樣、認知浮泛、情緒複雜等等組合而成的香港寫情書，更是千重犯險的事。

不過，幾十年來，我寫下的文字，可以肯定都以情為墨，以真為筆。出版的書，多經自我選定，正如你所說：已非「家書」所能形容，勉強說總能稱得上一本「情」書。是否寫給香港？不敢說。只能說我想用文字以情繫之，刻記自己對人、世界、祖國、香港的一地一時所思所感而已。

黃 而且書名往往帶有濃厚婉轉的感情和留戀，例如《香港的憂鬱》、《綷夫的腳步》、《彤雲箋》、《人間清月》，以及一九八五年出版的《不遷》。

楊 其中《不遷》這個題目我認為與情書最相關，所謂「我心匪石，不可轉也。」「不變不遷」從來是情書的關鍵詞。當然，你在一九八五年所寫的更可能是移民與否，遷或不遷的問題。記得你說過當年有舉家移民外國的機會，但你是家中唯一選擇留下來的人。容我先問一句煞風景的話——在今天人人高談「香港已非我所認識的香港」而紛紛再度部署移民的時候，你可有後悔當年「不遷」的決定？

小思 移情的原因很多，移民的原因也很多。「某某已非我所認識的某某」，「香港已非我所認識的香港」，都是「移」的原因之一。由不認識到認識，由認識到已非我所認識，三個層次過程變化多端，決定結果如何，因人而異，因環境而異。我不想在此用道德、價值觀來衡量別人。我只說說自己的情況。

生於香港，長於香港，可成長過程中，我對香港身世一無所知。小學中學時代，從教科書中能讀到中國歷史、地理。香港嘛，地理老師講經緯線時，提及香港在「東經

114°11'，北緯22°20'」，就只得兩個度數而已。歷史科老師講南宋史時才講講宋王臺，就只得一塊石和三個字。直至我當中學教師，由於擔起全校「經濟及公共事務科」的教節，此科新興，校長知道中文教師只有我在大學修過經濟學，一擔子如此落在肩上，無法推掉。考試範圍經濟學佔分量少，公共事務佔得多。於是全力備課，這樣逼使我千辛萬苦找尋資料，才由不認識香港到稍識皮毛。到一九七三年在京都大學遊學期間，有人問起香港歷史，我竟無言以對，從愧疚中撫心一問：香港，長我育我之地，我竟無知。再加一把壓力是：讀到聞一多《七子之歌》中〈香港〉、〈九龍〉「失養於祖國」[1]五字，真令我驚心動魄。這一驚一愧，遂決定了日後從文學細覓香港身世的方向。

英國殖民地不藏歷史紀錄，理所當然。《易·繫辭》說：「彰往而察來，而微顯闡幽」。英殖民地政策就是不要香港人知道未來，故不彰記往事。香港，果然是一本難唸的書。幾十年來找到的零散資料，仍湊不成整全面貌，勉強說自己認識了香港，還是很心怯。我憑甚麼有膽量說「香港已非我所認識的香港」？正因我還沒認識香港，就更應趁此變化機緣——檔案解密，有關人等日記、回憶錄紛紛出版，資訊流通廣傳等等。設法多探尋認識香港的材料。現在不是流行說「在地感」嗎？不堅離地，不就是不遷了嗎？怎會後悔！

1 原刊於《現代評論》第二卷三十期，一九二五年七月四日出版。

楊　**既是無悔，我們這次大可首先藉着重讀三十多年前的《不遷》，談談各種讓小思無悔不遷的情感，以及從這些不遷之情帶出的人生實踐。在點題文章〈不遷〉裏你開宗明義說「安土不遷」就是命中注定，在一塊屬於自己的土地上，一生一世。你亦清楚提到，務農的民族最明白生命附着土中的不遷的意義。那麼，在今天現代化、都市化、全球化的香港以至中國，你認為「不遷」這種情感還存在嗎？**

小思　現在不好說中國是務農民族了，再說就會牽連上甚麼小農心態、不夠現代化的毛病罪狀了。在這裏三言兩語解答不來，我只能說自己的想法。

好一個「全球化」名詞！把全人類、眾多民族一籃子全載承起來，真的可行嗎？有人會肯定說可以。你看落後地方的人也用手機通訊啊！電腦全球通行了！那不是日漸全球化的表現嗎？物理的、科技的、外在的還可以全球化。但人與國土、風俗、信仰之情，雖很抽象，卻隱隱然在人心中根深蒂固。離開那片土地，離開那個人，歲月匆匆過去，你以為忘記了，可是只要你真情愛過，在某天偶爾一刻，或午夜夢迴，你還會記得起，那就是此情不遷了。

黃　文章裏又說到「不遷，這種根需着土的情意，並不浪漫，沒有寫下任何轟烈故事。」說明「不遷」不是口號或值得建功碑去宣揚，而是世世代代自然發生的。

您很強調情感之出於自然，例如我很喜歡的〈沒見過花的孩子〉一文，裏面記述的是電影《梅爾夫人傳》的一個片段，這位後來成為以色列首位女首相的梅爾夫人，因為難民營中的孩子沒見過真花而淚流滿面，決意為猶太人建立一個有尊嚴而安穩的家園。電影所討論的猶太人復國是個複雜的歷史問題，但藝術卻讓我們看到人之常情——孩子、國土、家園，都是人人生而渴望守護的，無須宣揚。

受命不遷，生南國兮

楊　小思的不遷來自中國人「安土重遷」的價值，我當然同意，但我看這書名時卻有另一聯想，就是《楚辭．九章》裏〈橘頌〉的「受命不遷，生南國兮」。同樣說到「命中注定」的不遷，更藉着讚美生於南方的橘樹氣質芳潔，色彩斑爛的品性，帶出一篇南方之頌。我們都稱得上「生南國兮」，對於香港這個南方之島，你認為它最鮮明的品質是甚麼？有沒有哪一具體事件最讓你對香港產生感情？

小思　我也同意你的聯想。

在《香港的憂鬱》書序中說過：「香港，這個命運奇異的小島……有人稱許她是『夢之島，詩之島』，有人唾罵她『可厭』，有人認為她足以成為『南方的一個新文化中心』，有人鄙棄她是個『野孩子』。」這些話已經是上世紀三十年代說的了。往後隨着時代背景、外在環境、時間的變化，她的稱號不斷變更。中西文化交匯點、亞洲金融中心、功利主義社會、購物天堂、反動基地……最鮮明的品質應是這些色彩斑斕名字了。

具體事件令我對香港產生感情，很難單舉一椿。由無知到有知過程中，理解她身世故事愈多些，感情就逐少累積成形了。如果不單說一具體事件，我倒可舉一串斷續出現，意義相近的事例來說說。

上世紀六十年代，我幾乎一個月總要為家傭顏姐在用層層布料縫成的郵包上寫上順德勒流地址，每包寫一個家人名字。包裹中是油是糖等吃的必需品，包裹外的布是為縫成衣褲的材料。顏姐平日很節儉，問她為甚麼頻密寄郵包，她說親人沒食沒穿，靠她救濟。她沒說一句埋怨話，就捧着許多郵包寄回鄉下。那時街上雜貨店都掛着「代寄郵包」牌子，證明這是一門好市道的生意。

唸大學時代，見過逃亡潮。同胞越過梧桐山而來，香港人帶食物藥品去新界送給非親非故的人，那情景，歷歷在目。

八十年代內地開放改革，一股似疏而密，似陌生又親切的人際交流，特別香港文化知識界對祖國的血緣追認，是意料之外的大收穫。俞平伯、朱光潛、巴金、施蟄存、蕭乾、丁玲、蕭軍、端木蕻良、徐遲、柯靈、唐弢、趙清閣、陳敬容、黃苗子、郁風、卞之琳、王辛笛、鷗外鷗、陳殘雲、秦牧……忽然在眼前出現，那種熟悉感覺，不知道從何處得來？文學血緣好像從未斷過。

儘管民間略有因生活形態和知識的差異，出現了嘲諷調侃的「阿燦」、「表叔」、「表姊」稱謂，但並不減卻香港人仍捐助內地建設學校、醫院、扶貧的熱切行動。一旦內地發生天災禍劫，香港人救災捐獻之多，絕不似一個重視功利社會的行為。歷來，英殖民地政府香港教育從沒教過我們愛國愛同胞。可是每當祖國有難，香港人卻多會表現出人意表的熱誠力量，伸出援手。這種莫名其妙的力量，令我對被人視為功利先行的香港，另眼相看，產生濃厚感情。

黃

《不遷》裏有一篇文章〈苦澀的經歷〉，表面上很簡單記述了您在一九七七年在北京觀賞一場國際青年足球冠軍賽的經過，香港隊對中國青年隊，結果香港隊二比一輸了。但您在結語說「這場球賽，不是香港隊輸了，是我輸了，它毫不隱藏地揭露了一個事實：在不知不覺中，我已經是一個完完全全的香港人。」文章寫於一九八四年，正是香港前途

與香港人身份問題的關鍵時刻。我想知道，當時您為甚麼會把認同的經歷稱為「苦澀」？所謂「輸了」是甚麼意思？

小思

我在上段沒提及七十年代的事，你看得準，就問起一九七七年那場球賽。文化大革命尾聲幾年，我開始踏足內地，浮面的觀察讓我初步實體感受祖國的風貌，驚喜悲訝之情交雜，證明自己對國族的認知淺薄。壯麗山河入目，貧瘠破落入目，每回旅行返港，都掀起我無限反省與惆悵。記得我第一次到西安（長安啊！）、洛陽、開封……一個個從史地教科書學到的名字都實在地迎面而來，我忘形流淚。黃河邊上，蹲下來掬一抔土在手，我忘形流淚。長江石岸上見深刻縴夫步痕，我忘形流淚。荒涼村鎮中，孩子搶着人家扔掉的西瓜皮吃，我忘形流淚。

故我仍堅定相信：自己與中國，血脈相連。

唉！就是那一場中國青年隊對香港隊的足球冠軍決賽！毫無心理準備下，我控制不了情緒。在球賽過程中，自己竟站在香港隊一方，如此一來，分清楚了我已經是一個完完全全的香港人。這一次真令我的堅定信念受到突擊，回港後一直耿耿於懷。苦澀在於怕自己經不起考驗，輸了在於發現自己竟然不是個完完全全的中國人。

楊　**你給我最大的啟發，也許就是「一個完完全全的香港人」和「一個完完全全的中國人」，在不同甚至同一時空之下，其實可以毫無矛盾地共存在一個人身上。**

小思　「一個完完全全的香港人」和「一個完完全全的中國人」，在今天是個敏感而談之不盡的政治話題。我在此只想講個人的情況，可能只反映我的莫名固執個性，即香港人口中的「唔化」，而不是個政治取向問題。

從小學習填寫各種申請文件時，通常申請人要填「國籍」、「籍貫」兩項。母親和老師都教我填上「中國」、「廣東番禺」。忘了正確年分，大概六十年代末，香港政府要改變持有香港出世紙的人身份稱謂，出外旅行必須用政府簽發的「護照」，所有申請表上要寫「British Subject by Birth」，或「香港（英籍）」，即英國屬土公民身份。這種更改，令我很生氣。和我熟稔又常和我一起到外國旅行的老朋友都知道，一到要填旅行出入境表格時，我自己就一定不肯填寫，由身邊朋友執筆代填。這行為很幼稚，很無聊，但我就是這樣做了。

直到一九八七年起香港人可申請領取英國國民（海外）護照（BNO），我當然不肯申請。一九九七年七月一日英國屬土公民身份失效後，我便有一段時間沒有身份證明文件，既不能說是中國人，又不可說是香港人。嚐了沒有國籍身份的苦惱。

等在小公務員面前拿到「中華人民共和國香港特別行政區」護照那天，我流了淚，袋好護照回到家中，笑着拍了一張與護照合照。老友都說我傻傻哋。

到今天，中國人，香港人毫無矛盾地共存在一個人身上，我就是個例子。我將這些所思所感寫成了〈六十萬人中第四類〉（見本章附錄一，第260頁）。

楊

《不遷》寫於香港前途問題爭端最為熾熱的年代，在〈思索〉[2]一文裏你說「現在是一個熱烈論辯的時代，有人告訴我：默默思索，已經不合時宜。這也是個值得我思索的問題。」你覺得八十年代的不安氣氛較諸今天的香港，有甚麼不同？你是否仍然喜歡「默默思索」？還是現今也有振筆抗辯，「予不得已也」的需要？

小思

因為你提到〈思索〉一文，我不禁找來再讀讀。啊！一九八二年寫的，三十五年快閃過去，又回到眼前。那個八十年代初的日子，恍惚已是遠古時代了。

互聯網、臉書、短訊、微信還未出世，我所憂慮的詭辯，與不守公正原則的爭論，仍是利用實體傳媒，用今天看來似龜爬的速度進行。活到今天，我們不只面對熱烈論

2 〈思索〉為《不遷》的首篇，頗有總領全書的意味。《不遷》，一九八五年華漢文化事業公司初版。

辯，更要秒速反應。反應要經思考，就嫌太遲。八十年代的不安氣氛與今天的不安有甚麼不同？流行「秒殺」一詞，最足說明：一秒都嫌遲，不反應會被殺個措手不及。加上截圖、改圖經手機傳遞，處處有圖為證，有文字補充，難分真偽，看得見也不能作實，真令人喪膽。

不過，我總相信人人仍然需要默默思索。但必須平日積學儲寶，增強分辨、分析、抉擇能力，學習反應速度，「默默」是個人靜處，把眾聲喧譁放開。思索快慢，且看問題輕重而定。

時代無論壞到甚麼程度，都會有振筆抗辯的人，「予豈好辯哉，予不得已也」，孟子就是個好例子。

楊

看小思的文章，或聽其言談，總像她在〈燐火〉[3]所言：「在黑暗中，我們應該看到星光、燐火。」不應執着於世間的醜惡與黑暗。但同時小思又有許多深刻的反省，刺激着大家的良心，不忘奮發向上。兩篇有關《生命的奮進》[4]的文章，介紹梁漱溟、牟宗三、唐君毅、徐復觀四位先生青少年時代的奮進思索紀錄，並因而想到香港一代「生於安

3 〈燐火〉，見《不遷》，一九八五年華漢文化事業公司初版。

4 指《生命的奮進——四大學問家的青少年時代》，一九八四年十月百姓文化事業有限公司出版。

樂，不必奮進，也活得下去」的「不幸」。三十多年過去了，你認為今天的香港人仍要面對「生於安樂」、奮進不得的處境嗎？

小思　三十多年前，我這樣說過：「躲在安樂窩裏久了，人變得怠慢軟弱，也漸漸安於這種境況，有時甚至慶幸自己能這樣活着。長久的不思索不反省，沒有奮進的要求，人就會喪失應付變動的能力。」[5]在前輩身上，我卻發現他們在變動劇烈的時代，在失敗徬徨的時候，學會認真思索，發現問題，徹底自我更新，作生命奮進。這幾年對香港人來說，正面臨前所未有的大變動，自我更新，求變求進，正在此時。

追跡追記　島上晨光

黃　**或許從時代的對照這一點可以引申到盧老師的文學研究視野？我一直認為「從中國看香港」這個角度在香港文學研究論述中比較受忽視。一方面因為香港文學本身強烈的「主體性」追求，另外在殖民論述主導下，華洋文化的混雜性好像更能代表香港。但從**

5　小思〈生命的奮進（下）〉，《星島日報》副刊「七好文集」，一九八四年十月七日。後收入《不遷》。

《香港文縱》、《香港文學散步》或「南來作家」概念的提出，就看出盧老師另闢蹊徑的視野。事實上，單就現代文學教育而言，我們學習的課文九成以上都是五四作家的作品。現代中國文學成為香港文學構成的一個參照，盧老師您同意嗎？從現代中國作家切入香港文學史的研究方法，是否一個自覺的選擇？

小思　文化根源很重要。古典的當然有根可尋，現代文學也有根源。說到香港現代文學與中國現代文學的關係，我們細讀二、三十年代香港現代文學草創期的作品，會發現全在追跡上海現代派作家的風格。要是深入研究，就會發現香港現代文學生發點完全向上海取樣。把香港早期如謝晨光、侶倫的小說與葉靈鳳、穆時英、施蟄存等作品比較一下，會發現追影摹形得太似，只不過把地理、戲院、咖啡廳、交通工具等名稱，由上海的改成香港的。所辦的刊物封面、插圖更完全是當年上海流行的裝飾藝術（Art Deco）風格。過分強調「主體性」，忘記根源的論述，是危險的。

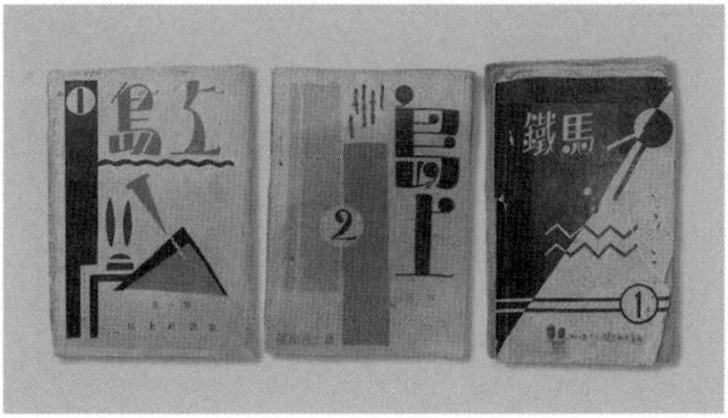

二、三十年代的文藝雜誌在字體變化，點、線、塊面裝飾等，都展現了現代雜誌設計的特色。圖右為《鐵馬》第一期，一九二九年由青年會日校校友會學藝部於香港出版。圖左為《島上》，一九三〇年由島上社於香港創刊。

謝晨光很早就與上海文化界有聯繫，一九二七年小說〈最後的一幕〉刊於《幻洲．象牙之塔》中，短篇小說集《勝利的悲哀》一九二九年，由上海現代書局出版。侶倫也直接與葉靈鳳、夏衍交往。他曾告訴我，他們一羣土生土長的文藝愛好者全受上海新文學的影響，可以說是傾慕嚮往。我當時問了一個很儍的問題：「為甚麼是上海？不是北京。」他回答說：「香港與上海都市化生活很相似，外國租界多，作品讀起來很有共鳴。模倣起來容易些。」謝晨光在給我的信中也說：「當然許多方面都會受中國大陸的影響。當時香港的國粹派十分得勢。……我們的工作，一部分也是對這些國粹派的反擊。」

侶倫在一九三六年寫的〈香港新文壇的演進與展望〉中直接承認一九二七年「正是中國國民革命狂飈突進的時代，……在文壇上，又正是創造社的名號飛揚的時期，間接受了國內革命氣燄的震動，直接感着大風潮的刺激，不能否認的是，香港青年的精神是感着相當的震撼。把這冥頑不靈底社會中的青年的醒覺反映於事實上的，是新的追慕和舊的破壞，而直接表現出來的正是文化。」[6]

6 見貝茜（侶倫）：〈香港新文壇的演進與展望〉，香港：《工商日報．文藝週刊》第九十四期，一九三六年八月十八日。

如果仔細研究一九二八年至一九三七年的青年文藝雜誌例如：《仙宮》、《伴侶》、《墨花》、《字紙簏》、《鐵馬》、《激流》、《白貓現代文集》、《島上》、《晨光》、《新命》、《繽紛集》等的創刊詞或編輯的話，幾乎都表現共同的取向：在寂寞、荒涼、落伍的環境中，掙扎、「繼續奮鬥，繼續去負起衝破這沉寂的空氣的使命。」（見《墨花》第一期，一九二八年九月）

你認為「從中國看香港」這個角度在香港文學研究論述中比較受忽視。我想不是「忽視」，而是香港文學研究者從來沒尋根究柢，沒看到過香港現代文學與中國現代文學的根源關係，「華洋文化的混雜性好像更能代表香港」這描述太簡化，闡述不出當年香港文藝青年與中國的血緣關係，更無法確認原來「新的追慕和舊的破壞」是香港青年人的宿命行為。

現代中國文學必然是香港文學初期構成的重要參照，從現代中國作家切入香港文學史的研究方法，也是必然的選擇。

樊 **您的碩士論文題目是〈中國作家在香港的文藝活動（一九三七——一九四一）〉，您後來的學術研究風格已具體而微地呈現在那篇論文裏了，就是重視文學和外部的關係，廣泛而有系統地蒐集材料，以此為基礎理解香港文學的歷史面貌，例如香港文學和相關社會**

文化的文字資料後來轉化為網上的「香港文學資料庫」、「香港文學檔案」，文化人訪問擴大成為「香港文化眾聲道」系列，文獻和實地的對照編撰成《香港文學散步》。無論是您在《香港故事：個人回憶與文學思考》裏的論文，或者與黃繼持、鄭樹森兩位（最近加上了熊志琴）的香港文學「三人談」，都體現了用豐富細節來支撐論點的特色。您在撰寫碩士論文時已經有這麼長遠的考慮嗎？今天回顧，四十年來一以貫之的學術道路，究竟是偶然還是必然？您有想過走另一條路徑嗎？

小思

我去香港大學讀研究院，寫碩士論文，一點也沒有長遠考慮。只因在京都大學遊學一年中，發現人家研究方法是「廣泛而有系統地蒐集材料」，再讓材料重整，呈現歷史過程及發展面貌。從無知到有知，感到很有趣。加上自己在圖書館大量閱讀三十年代中國現代文學雜誌、作家作品、社會資訊……又發現同時代、同地域、同事件，竟有不同角度紀錄，要得結論與取證十分困難。後來再讀了一九四九年後出版的文學史，例如王瑤《中國新文學史稿》、張畢來《新文學史綱》、蔡儀《中國新文學史講話》等，內容竟與當年刊物所刊載差別極大。求知令我追尋蒐集材料成了癖好。讓資料說話，讓讀者自己憑讀到的資料作結論，似乎比較「安全」。文學和社會情態、文化背景、政治生態有密切關係，通過這些材料來理解文學，用文學描述驗證歷史面貌。應該是適當的切入方法。

我說過自己不認識香港，由日本返港後，課餘報讀許多香港大學開設的校外課程，例如香港歷史、香港社會問題，這些課程令我從頭細識香港。可是卻沒一科與香港文學有關的。此時在京都大學養成的蒐集材料癖好纏得我好緊。要看舊報舊刊，只有爭取進入香港大學圖書館一途。如要合法進入香港大學圖書館，就必須交學費讀研究院，這樣我就要寫論文了。題目定限於香港文學，其實心中無底，反正我沒想過要畢業取學位，只求天天能坐在圖書館看報刊。不過，後來指導我的馬蒙老師快要退休，我不能拖下去。幸而幾年蒐集得來的材料，足夠「砌」出一篇碩士論文，繳交了算完成研究院學業。那論文絕對算不上學術研究，更談不上甚麼研究風格。

你說「用豐富細節來支撐論點的特色」，「豐富細節」細節是有的，「論點」倒不見得很具體及有獨特見地。因為那時候，我對許多問題仍未有成熟看法。

幾十年來，可能因個性關係，我喜歡豐富細節，故難有「大結論」。如果這叫「一以貫之」，可以說是。近十年有些看法稍臻成熟，可惜時不我與，已經無法寫出來了。想走另一條路徑？造磚，你認為算不算？

樊

當然算。造磚一點都不簡單。如果對將來建築物的樣子沒有概念，磚也無從造起。有些人說您反對撰寫香港文學史，我認為有點斷章取義。您在一九九六年所寫〈香港文學

研究的幾個問題〉裏的原話是：「由於香港文學這門研究仍十分稚嫩，既無充足的第一手資料，甚至連一個較完整的年表或大事記都沒有，就急於編寫《香港文學史》，是不負責任的事情。……為避免浪費精力及造成不必要的偏差失誤，在第一手資料未能確切建立之前，我不贊成在最近的短期內匆忙寫出《香港文學史》。」您強調不宜「在最近的短期內匆忙」寫史，而不是否定寫史的可能及需要。其實在兩年後，您和黃繼持、鄭樹森兩位就陸續編撰了一系列的香港文學文獻資料集、年表，顯然是寫史的基礎建設。如果上面的理解沒有錯，您認為現在第一手資料建立得怎樣？還有哪些方面，例如時段和資料的類型，需要加強？撰寫《香港文學史》的時機到了嗎？

小思

真感謝你為我「平反」。八十年代，內地不少人連史料、文獻都沒見過，亂用二、三手資料，或以訛傳訛文字，或來香港幾趟，認識某些「作家」、讀了某些人送的「作品」，就寫成急就章式的香港文學史了。當年香港本地認識或研究香港文學的人本來就不多，幾個熟知的人心中有數，讀了也只作行內笑柄而已。但因香港回歸已成定局，內地有心人也想了解這個回歸母懷的海外幼子的文學發展如何，故讀者不少。

---

7 見《追跡香港文學》，一九九八年牛津大學出版社（中國）有限公司出版。

漸漸他們的說法有了影響力。這才令香港研究者有點着急，大家都考慮應不應該反駁、指出錯誤，甚至自己動手寫文學史？

由於我手上資料比較多，文友都認為我最適合負這責任。我卻一直沒有反應。因為我明白寫反駁或訂正文章登在香港刊物上，內地讀者讀不到，起不了訂正作用。香港讀者關心的不多，我不想費力。寫文學史，更非我志願。我說過自己無魄力及史識。而且愈知得多愈怕材料未足。故不如為未來寫史做些基礎建設，與黃繼持兄、鄭樹森兄合作編成香港文學文獻資料選集。用三人談方式，表達值得注意或考慮的問題。

其實用選集方式必不足涵蓋所有資料，篇幅所限，往往需要取捨。遇上三人觀點、準則不同時，必須略有遷就。這都會影響研究者及用者。現在科技進步，利用大數據應可以提供無所不包的方便，及迅速處理、分析資料，不受任何篇幅局限。

第一手資料建立得怎樣？現在許多資料仍分散在不同機構及藏家手中，大學圖書館雖已盡量收容，但因缺乏專門整理、研究隊伍，資料零散，不成體系。

需要加強的仍是資料方面，例如早期香港文學，研究者蒐集資料艱難，沒資料怎研究？現在世界各地大學都正合作把重要所藏善本書數碼化，提供讀者方便。如果能把各地大學所藏香港文學資料，加上藏家所藏，全數碼化，那就可破尋料難關了。

撰寫《香港文學史》的時機到了嗎？比較審慎地說：整本《香港文學史》仍難寫。

我認為應先寫不同文體的分段小史、個別作家的研究、社團、雜誌、文藝論爭研究……。近年已有人着手這樣做。積累起來，一打通，串連分析就可成整本《香港文學史》。

還有一點很重要：需要加強的恐怕是研究者的親力親為，鍥而不捨的「揾料」態度，更必須旁通整個時代背景各種知識。斬件式研究遽下結論，是不可取的。

黃　**說到時機，我想盧老師在學術生命中也把握過不少的時機。例如以香港學者的身份親身接觸、訪問過不少重要的中國作家；又或是近年以同代人的身份，重組五、六十年代青年刊物同人所經歷的一段自由與多元的文化生成時期。這都有賴您對「文學口述歷史」的不斷實踐與發明。**

小思　唉！說起來，我遇上最好時機，但又錯過了最好時機，這是令我深感痛苦和後悔莫及的。

上世紀七十年末，內地剛從十年文革噩夢解脫出來，改革開放讓無數吃盡苦頭黯然捱過了半生的著名文化人重獲「新生」。我正在蒐集來過香港文化人的資料，迎上這機會，趕快去訪問算是搶救歷史工作的好機會。當時我通過羅孚先生，聯絡上曾在三、四十年代到過香港的文化人，好在他們相信羅孚先生才肯見我，不太好的是他們個個對「外邊世界」很陌生，且經歷無數批鬥，驚魂未定，熟人不可信，生客更不可信的情況下，難有坦然相告的勇氣。加上那時候還未流行「口述歷史」這門學術方法，訪問是否等如審查？他們有些第一次見我拿筆記錄已面帶驚惶，更何況動用他們未見過的錄音機，不安情緒干擾得很。

況且同陌生人做深入訪問不易成功，特別未得受訪者信任，他的戒心強，話就不好說。不久，我明白這道理，初次見面，我必把蒐集的資料卡片帶去，先給受訪者看我蒐集他在香港時的資料，讓他重溫自己的過去，他就動感情，也明白我下過功夫。我不寫筆記，不錄音。他一邊看，如一有反應表情，我立刻插問，於是，就可開話題。故許多訪談內容，我是回家後，扼要提綱式寫在卡片上的。多見幾次建立信任關係，訪問才會順暢得多。再過些日子，在上一輩人口耳相傳中：「小思有我們青年時在香港時的資料」，訪問就方便多了。

黃　**那怎麼好說「錯過」呢？**

小思　錯過好時機，又是甚麼一回事？

教學及現代文學研究是我的正職，必須首要全力做妥，香港文學追跡這一項，是我公餘「興趣」，只能用暑假或有薪假期去做。在訪問前做好準備，要費許多時間，受訪者又多不在香港，我往返廣州、上海、北京，住宿交通費一切自付。等到回港，我又立刻回到正職崗位忙碌工作，已經再沒時間處理訪問得來的材料了。既未整理材料，更遑論細思、反省、核實、追查、深化發問等工序。最初以為等下一個假期整理成文字稿，請受訪者過目訂正。誰料中途又遇到可訪問的文化人經過香港，必須抽時去追訪，結果層層材料堆疊累積，停滯在一起。我有時還得告訴自己：等資料足夠才做，一直等，又不知道到何時才算夠，終於蹉跎歲月，等到受訪者或知情者都去世，許多疑點已欲問無從了。現在看到那些已無舊式錄音機可播、或失效的錄音帶，及那些簡單提綱式的文字卡片，我就深深懊悔，錯過大好時機，覺得對不住接受我訪問的眾多前輩，浪費了他們當年一番好意。

其實我太天真，太沒周詳工作計劃。把三、四十年代曾到過香港，而八十年代尚在世的文化人都納入訪問名單內，單靠一個人獨力去做，根本不可能完成。曾有朋友對我說：「這種龐大工程，人家有公費資助、有團隊合作才會做得成。你做不成，算啦！總算叫做做過。」這真不知道是安慰還是嘲諷！

黃　畢竟您近十年的口述歷史成果最近陸續推出，真是辛苦不尋常。兩本《香港文化眾聲道》[8]，讀者大可直接閱讀，惟早期訪問的情況我們所知不多，只能憑一些片段記述來想像，所以希望多知道一點。

小思　在眾多訪談中，好幾位身在香港的前輩，對我的香港文學研究指導及幫助最多。這可能大家都在香港，見面機會多些，用聊天方式，老人家從容自在些，有時無意間會掀出我不懂得問而又重要關鍵的問題來。先說高貞白先生，我通常一兩月會拜訪一次，有時去飲茶，有時到他家。高先生通常喜講三、四十年代文壇情況、左右派報紙政治立場、文化人姓名工作等等。當時沒有像今天能看到那麼多回憶錄、檔案文獻資料，老人家口中道來，對我來說件件新奇，一個概論式的香港文化面貌完全呈現。這對我日後鎖定研究、找尋資料方向，極其重要。還有意外的好處，讓我懂得一些僻典隱事，有時會令我在某些情況下得益。例如第一次見黃苗子先生時，偶爾提到國民黨在香港設立的榮記行，嚇得黃先生一大跳。據說他事後告訴羅孚先生：「乜小思會識呢啲嘢？」從此他對

8　《香港文化眾聲道》第一冊，受訪者包括何振亞、奚會暲、古梅、孫述宇、王健武、林悦恒、胡菊人和戴天。第二冊受訪者包括羊城、羅卡、吳平、陸離、張浚華、陳任、古兆申、黃子程、陳炳藻和金炳興。第一、二冊分別於二〇一四年十一月和二〇一七年四月由三聯書店（香港）有限公司出版。

我暢所欲言了。另外，香港日治時代的情況，在七十年代仍有禁忌，許多人不願提起。高先生卻毫不諱言告訴我他自己的活動和文化人故事，也指導我要尋找甚麼人甚麼資料。這令我研究過程順利得多。

黃　很有意思。原來跟前輩掌故家、藝術家聊天也真要有不少能耐。作家方面又如何？相信您是香港極少數見過侶倫、謝晨光一輩作家的人。

小思　侶倫先生我見得較多，他喜歡到我家來坐。談的多是二、三十年代香港現代文學草創時期的故事。七十年代末他在《大公報》副刊「大公園」上開設「向水屋筆語」專欄，內容全是沒有人提過而又是我研究範疇的材料，填補了許多香港新文藝史料的空白。一九八〇年初，我冒昧寫信向他求教，我們就此認識了。由他介紹我有機會見到謝晨光先生、岑卓雲先生（平可）。只是兩位都長居外國，難得見面。我說服平可先生寫回憶文章，刊於《香港文學》，可惜不久他說要照顧生病太太，無暇執筆，就停了。實在很大損失。侶倫先生講的多是他在專欄寫過的故事，也多談個人面對的困惑。只是當時我還未讀過他提及的早期文藝雜誌，無從提問。

有一次我因知道他的小說改編成劇本拍成電影，又讀到他寫的〈我與電影界〉三篇文章，好像有過些不愉快經驗。問他與電影圈的關係，他突然臉色一沉，很久不說話，我以後就不敢再提了。

對侶倫先生，我最難過的是，邀請他出席一九八八年三月廿六號「香港中華文化促進中心」主辦的「香港文學研究——侶倫和他的作品《窮巷》」文學月會。他一向極低調，從不肯出席文壇活動。為了我，他勉強答應破例出席。可能過於緊張，廿五號心臟病發進了醫院，廿六號晚逝世。每想起這件事，我都覺得對不起侶倫先生。

黃　**您在〈人物訪問〉一文中說過：「經驗中，做得較好的是陳君葆先生的回憶，只因當時我任助教，工作清閒，每一星期，總有一天到南丫島或太古城去訪陳先生，陪他聊天，讓他隨意說三、四十年代文化界往事。」可否也具體談談？**

小思　陳君葆先生可以說是位香港文化通。由三十年代到五十年代，他與中英知識分子、學者、左派、右派、無黨派、社會各式文化活動……均有交往及參與。晚年記憶力極強——後來才知道他日記不斷。跟他聊天，簡直像遊香港文化大觀園。不過，他只敍事，沒有評論，說到人物，多有保留，點到即止。例如講到許地山、葉靈鳳，從不講對他們的評價。他講淪陷時期最詳細敘述的是香港大學馮平山圖書館護書的事。我以為陳先生大概只記得某些人和事的重點，後來讀《陳君葆日記全集》七卷，那種細節詳述，真叫我驚訝。我最近為編《淪陷時期香港文學資料選》及《葉靈鳳日記》，重頭細讀《陳君葆日記全集》，才深深感受他筆下有理有情，還有弦外之音。批評人的用筆處也十分巧妙。周佳榮說這日記是「香港歷史文化全紀錄」並不過分誇讚。不過，讀者要對時代背景、人物生平，有一定知識，才能打通全書經脈。他對時事有許多評論，有些用筆很重，有些輕輕帶過，細心分析他記與不記的分寸，政治立場就在其中。另外，日記中記錄夢境特多，我初讀時曾懷疑那裏來那麼多夢，最近再讀又悟出道理來：夢未必真。只是寫「日有所思」。實思或不方便直述，遂借夢渡陳倉而已。

黃

看《陳君葆日記》大都為看「史實」，沒想到原來要懂得讀「夢境」！說到香港這個被穆時英稱為「夢之島，詩之島」的地方，人們對她的種種誤解，您始終耿耿於懷。好像〈馬與舞之外〉[9]一文：「香港從一個窮荒孤島，變成今天的繁盛都市，她養活了五六百萬人，五六百萬人也支持着她，其中必然有許多重要因素，絕不是靠跑馬跳舞而得來，相

9 〈馬與舞之外〉（上）、（下），見《不遷》，一九八五年華漢文化事業公司初版。

信許多人心裏明白。」更具體地替香港這個「她」抱不平：「中山先生曾利用她作推翻滿清的革命基地，文化人也不只一次利用她作宣傳抗敵的橋頭堡，她總該有許多可肯定的地方。好容易盼得有朝一日重歸母懷，卻給人打扮得如只愛跑馬跳舞的紈袴子弟，這怎不叫人難過？」這份抱不平的心態到今天仍有，記得一次老師您曾在家中整理八十年代陳映真、劉賓雁訪港資料時說：「我要讓人知道，香港不只是一個供人買奶粉與走水貨的地方，香港是三地重要的文化交流平台！」現在想起仍是叫人動容。您認為今天中港之間的了解有改善嗎？還可以做甚麼？

小思

稍熟悉香港歷史身世的人，都知道這南方小島的複雜情況，特別不同政治派系鬥爭活動，歷來以此地為基地。一時間也不易說得清楚。我對政治無知，記得七十年代末，第一次在二十年代舊報紙上讀到港英警方破獲共產黨在九龍私設電台的新聞，第一次買得中國國民黨駐港澳總支部在香港出版，封面印上「黨內刊物　黨外祕密」的《黨員通訊》時，剎那間的驚訝，至今難忘。最近二十年，檔案、文獻、研究論述資料愈來愈多，香港作為各種思想、不同文化在交流、在較量的平台，而又並不見強烈衝突的個性更見顯明。對某些執政者來說香港歷來是個反動基地，對逆反者來說香港是個求變活動稍有自由的空間。如果執政者深明這個地方性格，善於「利用」，或妥為處理，香港仍是個有利有助國家發展的角色。

我常說英殖民時代，執政者沒教我們愛國（中國），香港人大都自動愛國愛同胞。現在說「包容」，就好像不合時宜，其實香港個性一貫是「包容」的。弄到今天那麼不包容，一定是處理的政策出了問題。我不懂政治，但我總相信香港人個性仍在。積極讀好歷史，理解國情、港情，以理智人情合理包容，危機也會轉變的。

黃 **深有啟發。剛才您只說了兩條資料，舊報上私設電台的新聞、一份《黨員通訊》，就說明了香港有這麼複雜的「自由空間」。可見資料的確可以說話，讓我們走近歷史真相。**

樊 **後現代理論興起以來，各種權威、真理紛紛被解構，「歷史真相」也逃不過質疑的命運。有些人從學理上否定有所謂「真相」，有些人則認為有多元的「真相」，黃繼持老師〈關於「為香港文學寫史」引起的隨想〉[10]說：「要嗎我們不要歷史書，要嗎我們要的歷史書遠遠不止一種。」即近於後者。不過對於實際「寫史」的人，真假還是必須有分別的，否則就沒有工作的方向了。您畢生的學術研究在「史」的範圍裏，可以不用理論的語言，就根據您的工作體會，談談我們可以怎樣面對「歷史真相」的問題嗎？**

10 見《追跡香港文學》，一九九八年牛津大學出版社（中國）有限公司出版。

小思 我完全同意黃繼持老師的說法。先別說那些會說謊、自我膨脹、過分自信記憶的人寫史不可靠了。單從同一件事，不同的參與者，因不同身份、從事時間、參與輕重、個人學術修養、意識形態等等，所提供史料足以令寫史內容有很大分別。再加上寫史人自己也有立場、觀點、史識、史德等條件差異，只參考一種史書，信以為即全部「歷史真相」，那太可怕了。我認為只有多方向蒐尋資料，比對、核實、考查提供資料人物行事立場，有時甚至憑文字風格判斷真偽。但我仍然會告訴自己，無論怎樣客觀處理史料，都只可得到接近的「歷史真相」。一切要靠善讀者的分析和判斷能力。不過，我除了大量閱讀多向度資料外，還靠直覺。這點本不宜亂用，也未必人人學得來，但憑資料作後盾，體會多了，直覺是有用的。

香港好年華

樊 您的三種身份——研究文學史的學者，誨人不倦的老師，散文創作者——似乎恰好對應真、善、美的追求，今天您認為三者在您的生命裏，是三個獨立發展的面向，還是在深層裏有某種相關？

小思 你用三種實質身份去解說對應編配給真善美，我從來沒這樣想過。面對森羅萬象，追求真、善、美，我相信是人的心靈本能。分成三種身份去對應追求，似乎很難截然三分，更不易獨立發展。三者體用相依，合成一股精神力量而充實於內，有形於外。

黃 **《不遷》裏有一篇叫〈好年華〉（見本章附錄二，第262頁）的文章，細數二十五歲與「少年十五二十時」的分別，認為十五二十是個極度揮霍青春的年華，二十五歲卻是「好年華」，如「一泓清泉，款款地凝在大地懷裏，平靜得容下白雲朗月，生命之流卻不息地滲現。」我不知這篇散文的典故或「本事」為何，但覺當中形容的境界極美好：「只有清冽才能容物，只有平靜才可反照，涓涓不息才見長久。」忽發奇想，香港回歸剛剛過了二十週年，是否也能在躁動中轉入好年華呢？令人翹首盼望。**

小思 這篇文章的確有「本事」。我有感於「少年十五二十時」燦爛得令人目眩心悸，如煙花一瞬即逝。那位二十五歲的青年，果然渡過了燦爛閃人目的剎那，映照着蘊藉生命的純美，和煦而精緻。我對此好年華，深切期盼，遂成文字以記之。正如你奇想，我情深一往，祝願香港也能在躁動中轉入好年華。

楊　容我又在這裏為「給香港的情書」點一下題。在中國現代文學裏，可參照的情書有許多，小思你一定讀過甚至教過沈從文的《湘行散記》：「我行過許多地方的橋，看過許多次數的雲，喝過許多種類的酒，卻只愛過一個正當最好年華的人。」冒昧地打個比方，你覺得你和香港的相遇，是否稱得上「正當最好年華」？

小思　我此生能與香港相遇，稱得上「正當最好年華」。但往後日子，我願「盡人事，俟天命」。

附錄一

六十萬人中第四類人

小思

我是六十萬人之一，但不屬於三類人士。

香港人民入境處副處長說：「至目前為止，有六十萬合格資格申請英國國民（海外）BNO 護照的人沒有提申請」，「他們大多屬於三類人士，包括已移居外地、有其他外國護照或不須出外旅行的人士」。

我拿的是香港英國屬土公民護照，BDTC，今年七月一日即告失效——其實今天已失效，因為許多國家的入境申請，規定所持護照要有半年有效期。沒有其他國家護照，不是移民，卻萬分愛好出外旅行，但我沒有申請 BNO。那就屬於第四類人。

許多朋友知道我沒領 BNO，都覺得很奇怪，當明白我不取的理由後，就認為我「唔化」。

土生土長，拿着香港出世紙，沒有辦法不用英國屬土公民護照，那是歷史遺下來的無奈。一九九七年七月一日，名正言順，香港擺脱「英國領土」的身份，為甚麼我還要拿個「英國國民（海外）」的名分？為甚麼還要托庇於英國名下？如果為了方便出外旅行、開會——那麼個人的理由，而要頂住「英國國民」的帽子，我寧願甚麼地方都不去。至於特區護照甚麼時候可到手——申請特區護照是否一如申請香港英國屬土公民護照那般容易？拿特區護照出外，會不會遭到外國拒絕入境？那是另外一回事了，就讓香港特區政府去負責。

有朋友説：特區政府最關心的是拿 CI 的人，將來最快給他們特區護照。你既給撥入六十萬人、三類人士當中，大概會在「遺忘」或「隊尾」之列，「有排唔輪到你啦！真係唔化！」

那有甚麼辦法呢？誰叫我是六十萬人中的第四類人？

刊於《星島日報・七好文集》一九九七年一月十五日

附錄二

好年華

小思

你淡淡的說：「我二十五歲了，過了四分之一世紀！」

嗯！我領首，靜靜看看這般柔柔、溫煦如春陽的二十五歲，好年華！

少年十五二十時，人說這才是燦爛得令人目眩的日子，我說也許是也許不是。

那些日子，生命力像一匹狂奔的瀑布，在懸岩上，一瀉而下，陡然叫人心悸。泛起的水氣令山樹朦朧，沖出的號叫使曠野荒涼。毫不留戀，沒一絲細緻痕遺，奔流去了。

生命力也像八九月的太陽，霸道地煮海灼地，熱量蒸得人間昏昏然。如斯的熱烈，壓得天地喘不過氣來，只渴望一陣黃昏細雨。

那是個粗獷而令人驚訝的年華，是個極度揮霍青春的年華。

二十五歲，那正好！

你看過麼？一泓清泉，款款地凝在大地懷裏，平靜得容下白雲朗月，生命之流卻不息地滲現。

也許，仰首迎住一隻遠道而來的燕子，接納他一個呢喃一笑語。

也許，讓垂柳依依畫下細密的情意。

你看過麼？一輪春陽，細意地掀開冰封的日子，催醒枯枝的沉睡。人們卸下一身沉重，換上薄薄春衣，疏狂地盡情的享受屬於天地的溫柔。那是個玲瓏而令人刻骨銘心的年華，是個蘊藉而生意粲然的年華。

只有清冽才能容物，只有細意才可精緻。

像一闋宋詞小令，像一幀工筆花鳥，令人低迴在此，令人凝眸在此。二十五歲，好年華。

原文刊於《星島日報・七好文集》一九八三年七月十二日

後記

樊善標

一千七百年前，王羲之與眾文士暮春修禊於紹興的蘭亭，曲水流觴，賦詩清談，有感於「情隨事遷」、「後之視今，亦猶今之視昔」，乃撰〈蘭亭集序〉。這本訪談錄以「曲水回眸」命名，即寓意文化人省察往昔，溯源追本。但受過現代學術訓練的人，很難接受有一種絕對真實的「往昔」、確鑿穩固的「本源」了，倒是陶淵明所說的「疑義相與析」——一個不斷往返問答的過程——反而成為可以經久盤桓之地。訪談計劃開展初期，楊鍾基教授提到希望把訪談、對談作為一種文類來探索，現在黃念欣教授的序點出「筆談」的意義和必要，計劃的初衷也真需要發展到最後階段才圓滿呈現。

上冊的後記簡約介紹了計劃緣起，以及核心參與的盧瑋鑾教授、楊鍾基教授、黃潘明珠女士、李薇婷助理。這裏想補充的是，沒有在訪談中發言的楊夫人高美慶教授，其實常坐在楊府客廳的另一端，或者書房裏，不遠不近地聽着熱烈高談，待小休時吃點心時，才一語中的地略抒己見。高教授也是盧教授多年摯友。

此外，牛津大學出版社編輯團隊，周燕明女士、劉偉成先生、洪營娟女士等為文稿成書付出大量心血；計劃贊助人劉偉傑先生、羅志高先生、范氏慈善信託基金，及一位隱名支持者，慷慨捐款。訪談計劃克臻於成，上述諸位的幫助，我們銘記於心。

訪談計劃前後合共三年，期間盧瑋鑾教授出版了《香港文化眾聲道2》（與熊志琴教授合著）、《淪陷時期香港文學資料選（一九四一至一九四五年）》（與鄭樹森教授合編），還有散文集《一瓦之緣》，精力充沛，可喜可羡。但在這期間，世事之變幻，卻是可驚可畏。由蘭亭的曲水我想到蘇軾寫急流縱舟的〈百步洪〉詩句：「向來俛仰失千劫，回視此水殊委蛇。」這是何等豐厚的人世閱歷才體認得到的境界，似乎恰好接上黃念欣教授序的最後一段。

〈百步洪〉詩有一篇令人神馳的小序：「王定國訪余於彭城。一日，棹小舟與顏長道攜盼、英、卿三子遊泗水，北上聖女山，南下百步洪，吹笛飲酒，乘月而歸。余以事不得往，夜着羽衣佇立於黃樓上，相視而笑。」在計劃進行的三年裏，始終讓我滿懷溫暖的，正是幾位師長輩文化人相視而笑、莫逆於心的友情。讀者閱覽本書，亦當有同感。

OXFORD
UNIVERSITY PRESS

牛津大學出版社隸屬牛津大學，以環球出版為志業，
弘揚大學卓於研究、博於學術、篤於教育的優良傳統

Oxford 為牛津大學出版社於英國及特定國家的註冊商標

牛津大學出版社（中國）有限公司出版
香港九龍灣宏遠街1號一號九龍39樓

第一版 2017

ISBN: 978-019-047572-7

10 9 8 7 6 5 4 3 2

鳴謝
本社蒙以下機構或人士提供本書參考資料和圖片，謹此致謝：

香港中文大學中國語言及文學系
香港中文大學新亞書院
香港中文大學圖書館香港文學特藏
香港中和出版有限公司
國家圖書館出版社

特別鳴謝
封面題字：前香港中文大學藝術系系主任李潤桓教授